科技改變作戰的方式

技術決定戰術

天鷹戰記

天鷹戰記 8

潛伏！無影的暗戰

八路——著

責任編輯：梁潔瑩／裝幀設計：龐雅美／排版：時潔／印務：劉漢舉

出版／中華教育

香港北角英皇道 499 號北角工業大廈 1 樓 B 室

電話：（852）2137 2338　傳真：（852）2713 8202

電子郵件：info@chunghwabook.com.hk

網址：http://www.chunghwabook.com.hk

發行／香港聯合書刊物流有限公司

香港新界荃灣德士古道 220-248 號荃灣工業中心 16 樓

電話：（852）2150 2100　傳真：（852）2407 3062

電子郵件：info@suplogistics.com.hk

印刷／美雅印刷製本有限公司

香港觀塘榮業街 6 號 海濱工業大廈 4 樓 A 室

版次／2021 年 9 月第 1 版第 1 次印刷

© 2021 中華教育

規格／16 開（210mm x 148mm）

ISBN ／ 978-988-8759-67-5

本書經由接力出版社獨家授權繁體字版

在中國內地、中國台灣以外地區出版發行

天鷹戰記

8

潛伏！無影的暗戰

八路——著

中華教育

角色介紹

代號
翼龍　楊大龍

選拔自少年特戰隊，曾是全軍聞名的少年狙擊手。他性格沉穩，臨危不亂，理想是成為一名三棲特種兵，戰鬥機飛行員。

代號
白頭翁　歐陽山峰

選拔自海軍陸戰隊的雪豹小隊，因額頭有一縷銀白色的頭髮而得名。他性格張揚，富於謀略。

代號
黃雀　夏小米

選拔自少年軍校的飛龍小隊，聰穎過人，過目不忘，有點小傲氣。

天鷹戰記

代號
戰鷹 帥克

選拔自少年軍校的飛龍小隊，是個有點小聰明的人。他的理想是駕駛一架攻擊機，在最前沿的戰線上對步兵作戰進行火力支援。

代號
雨燕 關悅

選拔自少年特戰隊，曾是全軍聞名的情報專家。她是電腦高手，善於破解密碼，理想是成為一名預警機飛行員。

目錄

秋高氣爽，碧空之下和緩的風輕輕吹動着微微泛黃的樹葉，偶爾有沒抓緊樹枝的葉片如空降兵跳傘般飄然落下，令秋色更增添了幾分美意。

週末難得清閒，戰鷹小隊的隊員們各自享受着屬於自己的私人時間。夏小米捧着一本比磚頭還厚的書，坐在營房前的大樹下，低着頭認真地閱讀。

帥克則坐在夏小米的旁邊嗑瓜子。他一邊嗑一邊對夏小米說：「你讀那麼多書有甚麼用啊？還不如跟我一起嗑瓜子呢！」

夏小米厭惡地看了帥克一眼，說：「你懂甚麼？古人云，萬般皆下品，唯有讀書高。」

「我記得古人還說，百無一用是書生。」帥克說。

「古人云，苦海無涯，回頭是岸。」夏小米說。

「古人也說，開弓沒有回頭箭。」帥克說。

「站得高，望得遠。」

「站得越高，摔得越疼。」

「笨鳥先飛。」

「槍打出頭鳥。」

只要夏小米引用一句看似正確的經驗之談，帥克都會以另一句同樣經典的話來反駁。從邏輯上來說，兩個人說得都沒錯，但他們的觀點卻是截然相反的。

「盡信書不如無書。」帥克得意地說，「古人說的話隨便聽聽就行了。」他還硬塞給夏小米一把瓜子。

夏小米生氣地合上書，把瓜子塞回給帥克，吼道：「從我認識你那天起，你就不愛學習。你不愛學習也就算了，還總是干擾我學習。這是為甚麼？」

「還不是擔心你飛得太高，顯得我越來越差了。」帥克嬉皮笑臉地說，「拜託，你別那麼優秀，給其他人留一點生存空間，好不好？」

夏小米懶得理無聊的帥克，站起來朝宿舍走去。帥克起身跟在後面，嘴裏還不停地說：「好不容易清閒幾天，你還天天賴在營區裏看書。不如我們下午一起去看電影，然後再去吃自助餐，怎麼樣？」

夏小米停住腳步，轉過身怒視着帥克說：「告訴你，有兩種男生最討厭。第一種，就是嗑瓜子的男生。」

帥克趕緊把手裏的瓜子塞進口袋裏。

夏小米又說:「第二種，就是嘰哩呱啦說個不停的男生。」

帥克的嘴閉得緊緊的。可是，閉上嘴後他就沒法開口說話了，想要表達的心思夏小米也就聽不到了。於是，帥克又張開嘴說：「蝦米，我知道你說的男生是誰，肯定是歐陽山峰。他比我還愛嗑瓜子，而且要是聒噪起來，複讀機都會甘拜下風。」

夏小米怒目圓睜，揮起拳頭說：「你又叫我蝦米，是不是想讓我幫你活動筋骨啊？」

帥克向後退了一步，下意識地擺出防禦姿態。夏小米雖然是女生，但她的拳腳也不是好惹的。

夏小米收回拳頭，轉過身繼續朝前走。帥克依舊死皮賴臉地跟在後面。

「帥克，你就不能跟楊大龍學學嗎？人家平時不說話，但只要開口就沒有廢話。而且，他從來不吃瓜子、薯片之類的零食，那才是男子漢的樣子。」夏小米一邊走一邊說。

「我不跟他學，要是都像他那樣，這個世界該多無趣啊！」帥克又從口袋裏抓出一把瓜子，「再說了，你們每個人都有愛好，可以打發業餘時間。比如楊大龍，只要閒下來就不停地擦他那桿狙擊槍；又如你，空閒的時間就是不停地

翻書；再如關悅，有事沒事就鼓搗那些破譯密碼的東西；就連歐陽山峰都有愛好了，追劇！」

「那你呢？」夏小米問。

「我——」帥克遲疑地說，「要說我的愛好也不是沒有。比如嗑瓜子，特別是在你讀書的時候坐在你旁邊嗑瓜子。」

夏小米強忍怒氣問：「你這算甚麼愛好啊？再說了，為甚麼非要在我讀書的時候，坐在我身邊嗑瓜子，難道是故意干擾我讀書嗎？」

「錯，我不是為了干擾你，而是讓你讀書的時候更有感覺。」帥克說。

「真是莫名其妙，你在我身邊劈里啪啦地嗑瓜子，我讀書反而更有感覺？」夏小米一臉苦笑，心想帥克真是胡言亂語。

帥克竟然一本正經地說：「當然了，你一邊讀書，一邊聞着瓜子的香味，豈不是更有書香？」

這是夏小米聽到過有關書香的最離奇的解釋，她對帥克無語了。她加快步伐，像逃離瘟疫那樣遠離帥克。可是，帥克卻如影隨形，緊跟在夏小米的後面。

「喂，別再往前走了。」夏小米突然停住腳步，指着營房前的一塊牌子。

「女兵宿舍，男兵止步。」帥克讀出牌子上的字。

帥克眼睜睜地看着夏小米走進女生宿舍，無奈地搖搖

女兵宿舍
男兵止步

頭，轉身離開。已經走出一段距離，另一個女生突然從背後喊他的名字。帥克回頭一看，原來是關悅。

關悅跑到帥克身邊問：「聽說你下午想外出？」

「是有這個打算，待在營區裏太無聊了。」帥克回答。

「太好了！」關悅把一張紙條塞到帥克的手中，「拜託你幫我買這些東西。」

這是一張購物清單。帥克一看，上面列出的都是一些奇奇怪怪的電子元件。她知道關悅買這些是用來製作密碼破譯設備的。

「你想讓我給你跑腿，總得給點跑腿費吧！」帥克的手掌在關悅面前攤開。

「都是戰友，要甚麼跑腿費啊！」關悅推開帥克的手，「買東西的錢你先幫我墊上，回來再給你。」說完，她轉身跑步離開了。

「不給跑腿費也就算了，還讓我給你墊錢啊！」帥克朝關悅的背影喊。

關悅並沒有回應，身影消失在女生宿舍的門口。帥克垂頭喪氣地離開，心想今天自己怎麼這麼倒霉。他把另一隻手裏的瓜子放進口袋裏，再也沒有心思嗑了。

下午，帥克請了假。但是，他並非獨自外出，還有一位戰友與他同行。這次外出，帥克遇到了更倒霉的事情。

國防小講堂

軍營的外出制度

帥克下午想外出，但不能想離開軍營就離開軍營，即便週末也是如此。軍營有嚴格的外出制度，帥克必須按照規定向上級請假，得到批准後才能外出。

按照規定，在工作日，除非工作需要，軍人是不能請假外出的。節假日，軍人可以按照規定請假外出。部隊條令規定：「擔任執勤、邊海防任務的部隊外出人員比例不超過 5%，內地駐防部隊外出人員比例不超過 10%。」舉例說明，假設一個連有 100 人，全連一次最多只能外出 10 人。另外，軍人外出的時間也有嚴格的規定，一般不超過 8 小時，並且不能在外留宿。

和帥克一起外出的是歐陽山峰，因為他最近觀看的電視劇出電影版了，而且正在上映。在軍營中走路是有規矩的——三人成列，兩人成行，所以歐陽山峰和帥克齊步並行，擺臂和邁腿的動作整齊劃一。

兩個人來到營門旁立正站好。歐陽山峰給門前的哨兵敬了一個軍禮，然後遞上請假條。哨兵看了看請假條，叮囑他們要按時歸隊，然後放行。

走出營門的歐陽山峰和帥克如同出籠的鳥兒，用力地拍打着翅膀，想要盡情地飛翔。兩個人各自解鎖了一輛共享單車，朝電影院的方向騎去。他們都已換上了便裝，所以，不是專業人士很難辨別出他們的軍人身份。不過，有過從軍

經歷的人卻能從他們走路的姿勢和說話的語氣中猜出他們的身份。

兩個人剛剛騎出不遠，一輛黑色的轎車便從後面緊跟上來。開車的是一位女士，看上去三十歲出頭的樣子，斯斯文文的，很像一位老師。

昨晚剛剛下過一場秋雨，低窪的地方還有一些積水。歐陽山峰對帥克說：「你騎車不要總擠人，我都騎到水坑裏去了。」

「你騎到水坑裏跟我有甚麼關係？明明是你自己技術差。」帥克瞥了歐陽山峰一眼，「我騎到你前面去，看你還能說擠你嗎？」

說完，帥克用力踩下踏板，自行車的速度瞬間提升。歐陽山峰被甩在了後面，而他則騎到了一個水坑旁。

嘩——

轎車從帥克的身旁駛過，泥水飛濺起來，不僅是衣服上，就連帥克的臉上都滿是泥點。

「你是怎麼開車的？」帥克朝那輛黑色轎車喊道。

那輛黑色轎車緊急剎車，停在了路邊。一位穿着得體的女士推開車門，朝一隻腳撐在地上的帥克走來。

「對不起，對不起，實在對不起。」女士連連向帥克道歉，「我沒看到路面有水坑，真的不是故意的。」

本來帥克一肚子火，但見女司機誠懇地道歉，火氣也就

漸漸消了。況且，對方是一位温文爾雅的女士，對女士發火可不是帥克的風格。

「好了，好了，下次注意就行了。」帥克用袖子抹了一下臉，結果臉變得更髒了。

「哈哈哈！」趕過來的歐陽山峰笑着說，「帥克，你是故意把臉上的泥水抹勻嗎？」

女士從包裹掏出一包濕紙巾，並抽出一張遞給帥克。帥克接過濕紙巾將臉擦乾淨。帥克褲子是深色的，泥點並不明顯，但白色的上衣則變得斑斑點點，像是梅花鹿的外套了。

「我賠你一件新衣服吧？」女士說。

「不用了，平時他很少穿便服。」沒等帥克說話，歐陽山峰便替他做主了。

帥克瞪了歐陽山峰一眼，心想誰讓你多嘴。女士好像不太懂歐陽山峰的意思，問：「你平時不穿這樣的衣服嗎？即便這樣，我也該賠你一件。」說着，女士掏出幾百塊錢硬要塞給帥克。

帥克認為髒衣服回去洗一洗就可以了，沒必要買新的，即便買新的也用不了這麼多錢，所以，他堅決不要女士的錢。

歐陽山峰掏出手機看了看，有點着急了，因為電影就要開始了。「我們快走吧！」他催促帥克。

帥克重新騎上車，對女士說：「我們趕時間，以後開車小心一點就好了。」說完，他猛地一蹬踏板，自行車向前駛去。

歐陽山峰騎着車緊追上去，看着帥克滿是斑點的衣服暗暗發笑。

「喂，要不然，我們加個好友，你有甚麼事情儘管找我。」女士在後面大喊。

「不用啦。」帥克大聲回應。

看着帥克和歐陽山峰的背影消失在街道的拐角處，這位看似溫婉的女士露出了猙獰的真面目。「哼，沒想到你們的警惕性還挺高。不過，你們是逃不出我的手掌心的。」說完，她回到黑色的轎車上。

黑色轎車消失在川流不息的車流中。她究竟是甚麼人呢？

帥克和歐陽山峰已經騎到了電影院附近。他們倆並沒有懷疑過這個女人的身份，但高度的警惕性告訴他們不能輕易相信任何一個陌生人。

軍隊有保密規定，每個軍人都能熟背保密守則。戰鷹小隊也曾因經驗不足，被間諜發送的病毒入侵過手機，從而造成泄密。所以，當剛才那個女人提出要跟他們加好友的時候，他們果斷地拒絕了。

歐陽山峰已經提前用手機在網上買好了電影票，兩個人從取票機上取出電影票後，便急匆匆地走向放映廳。進入放

映廳的時候，電影已經開始放映，一首令人熱血沸騰的主題曲正在影廳中迴蕩。

一飛沖天，呼嘯如雷電

戰機翻滾，任我放聲笑

空中過招

利劍出鞘

定讓敵人無處逃

……

「這是《戰鷹之歌》。」歐陽山峰興奮地說，「沒想到我把這首歌推薦給電影製作方，他們還真的採用了。」

《戰鷹之歌》是戰鷹小隊的原創歌曲，由戰鷹小隊的隊員們集體譜曲、填詞而成。歐陽山峰一直在觀看的是一部空軍題材的電視劇，而當他得知這部電視劇要拍成電影的時候，便把《戰鷹之歌》通過電子郵箱推薦給了製作方。

3D 電影的效果令人無比震撼：一架獠牙戰鬥機沖天而起，彷彿從大熒幕中飛了出來。不少觀眾發出驚呼聲，彷彿置身於電影中的空戰場景。

一枚空對空導彈從獠牙戰鬥機的隱藏式彈艙中脫落，急速飛向敵機。這枚導彈的尾部噴着炙熱的火焰，彷彿就在每一位觀眾的面前飛過。

轟！

隨着一聲巨響，導彈在空中爆炸，無數的彈片從熒幕中飛濺出來，嚇得觀眾們不由自主地用雙手護住自己的臉，發出了驚恐的尖叫聲，更有甚者嚇得摘掉了 3D 眼鏡。

電影中的場景，歐陽山峰和帥克在現實中都曾經歷過，所以，他們異常鎮靜，顯得與周圍的觀眾格格不入。

戰機翻滾，導彈橫飛，空中的廝殺場面被鏡頭詮釋得淋漓盡致。觀眾們沉浸在電影中，沉浸在戰爭的硝煙中，沉浸在主人公的悲歡離合中。直到另一聲爆炸在耳邊響起，他們才回到更加殘酷的現實中。

國防小講堂

隱藏式彈艙

這部空戰題材的電影拍得驚心動魄，讓人看得熱血沸騰。俗話說：外行看熱鬧，內行看門道。作為一名空軍的戰鬥機飛行員，歐陽山峰看到電影中的獠牙戰鬥機的彈艙為隱藏式，這樣的設計是為了提高戰機的隱身性能。

目前戰鬥機的武器掛載有兩種方式：一種是掛載在機翼和機腹下。比如，很多現役戰鬥機的導彈就是掛載在機翼下方的。第二種為內置隱藏式。為了提高戰鬥機的隱身性能，新型的戰鬥機將武器艙內置到機腹中，從而減少了雷達的反射截面。

大熒幕上一場悲壯的空戰正在進行，爆炸聲不絕於耳，戰鬥機如流星般墜落。作為一名戰鬥機飛行員，帥克竟然跟隨着電影中的畫面，想像自己正在操作一架虛擬的戰鬥機。

「向上拉升，使用『超級眼鏡蛇機動』。」帥克激動地大喊，同時右手下意識地抓戰鬥機的操作手柄。可是，電影院裏怎麼會有手柄呢？

也巧，旁邊的座位上有一位女生，她剛剛把喝了幾口的可樂放在座椅的扶手上。帥克一把就握住了可樂杯，還別說，握着可樂杯的感覺竟然和握着戰鬥機操作手柄差不多。

抓住可樂杯，帥克猛地向後一拉。此時，電影中的戰鬥

機正好昂頭飛起，以機尾為圓心畫出「超級眼鏡蛇機動」的飛行軌跡。戴着 3D 眼鏡，帥克身臨其境，竟然真的把自己融入了電影畫面中。

「太棒了！」帥克為自己飛出了「超級眼鏡蛇機動」而歡呼。

「喂，你把可樂都甩到我身上了。」後面的座位上，一個男生用力地拍着帥克的肩膀。

帥克一激靈，心想：我正在駕駛戰鬥機，怎麼會有人從後面拍我的肩膀呢？想到這裏，他壓下戰鬥機的操作手柄，試圖向低空飛行，當然實際上壓下的是那杯可樂。

「你想幹甚麼？」鄰座的女生喊道，「你把可樂都灑在我的鞋上了。」

帥克這才從電影情節中脫離出來。摘掉 3D 眼鏡，帥克發現自己的右手正握着一杯可樂。長這麼大，帥克從未像此刻這樣尷尬過。

後排的男生擦着身上的可樂，兇巴巴地說：「你是不是故意的？」

「絕對不是故意的，只是失手而已。」帥克回過頭說，「剛才我看得太投入，把可樂杯當成戰鬥機的操作手柄了。」

「我的鞋子都濕了，怎麼辦？」鄰座的女生質問帥克。

「這個嘛，你說怎麼辦就怎麼辦。」帥克實在不知道怎麼回答。

女生歎了一口氣，心想自己怎麼這麼倒霉，看一場電影竟然能有如此遭遇。「鞋子就算了，可是你要賠我一杯可樂，畢竟我才喝了兩口就被你灑光了。」

「沒問題！」帥克捅了捅旁邊的歐陽山峰，「拜託，去幫我買三杯可樂。」

「憑甚麼我幫你去買？再說了，你只灑了一杯，為甚麼要買三杯？」歐陽山峰問。

帥克壓低聲音說：「想知道答案嗎？那就幫我去買，回來就告訴你永遠也猜不到的答案。」

歐陽山峰本不想幫帥克，可是他偏偏對這個令人好奇的問題無法釋懷。為了得到答案，他只好起身去買可樂。

很快，歐陽山峰拿着三杯可樂回來了。他問帥克：「可以告訴我答案了吧？」

帥克並不回答，而是接過三杯可樂。首先，他把第一杯遞給鄰座的女生作為賠償，然後又把第二杯遞給後座的男生用來道歉。

歐陽山峰似乎看出了點門道，但又不能確定，於是問：「第三杯呢？」

「第三杯我自己喝啊！」帥克說。

帥克用實際行動回答了歐陽山峰的第二個問題。歐陽山峰強忍怒火問道：「你可以回答我第一個問題了吧？」

「為甚麼讓你去買可樂，是這個問題吧？」帥克明知故問。

歐陽山峰點頭。

「因為如果是我去買，鄰座的女生會以為我借機逃走。」帥克說完，仰起頭咕咚咕咚地喝起可樂來。

轟！

又是一聲震耳欲聾的巨響，整個影廳都晃動起來。觀眾們都在想電影的音效竟然能如此震撼人心，這張電影票買值了。

「不是電影音效，是真的爆炸。」歐陽山峰一聲大喊。

帥克正仰着頭喝可樂，被爆炸引起的震動驚得嗆了一口。直覺告訴帥克，這的確不是電影音效，而是發生在附近的爆炸。

觀眾們慌亂起來，開始如潮水般向影廳外面擁去。帥克鄰座是一個柔弱的女生，也就是鞋子被帥克弄濕的那個女生，她被其他強壯的觀眾擠在後面，嚇得嗚嗚哭了起來。

「不要怕，我來保護你。」帥克拉起女生的手，向人羣外擠去。

「不要擠，按照順序從前後門同時撤離。」歐陽山峰站在座椅上高喊。然而，沒有人聽他的指揮，現場一片混亂。

帥克保護着那位弱小的女生衝出影廳，這才發現樓道裏已是濃煙滾滾。很多人往電梯的方向跑，認為只有乘坐電梯才能快速逃離。

帥克也拉着女生往電梯的方向跑，但卻不是為了乘坐電梯，而是為了阻止其他人進入電梯。

「電梯隨時可能停止運行，困在裏面會更加危險。」帥克擋在電梯口前說，「跟着我從安全通道撤離。」

帥克受過專業訓練，關鍵時刻挺身而出，強大的氣場令在場的人順從地聽從他的指揮，跟着他一起朝安全通道的方向跑去。

跑到這座大廈外的廣場上，帥克和歐陽山峰才發現爆炸就發生在電影院所在的那一層，而發生的地點則是一個開放式的露台。

到底是甚麼原因引起的爆炸呢？燃氣泄漏，還是電線短路？沒人想到這是一場恐怖襲擊，已經有人撥打電話報警，消防隊正緊急趕往這裏。

大廈外的廣場上人流湧動，本來就在外面的人駐留在廣場上看熱鬧，而逃出來的人也不急着離開。歐陽山峰和帥克都抬頭望向大廈冒煙的位置，同樣沒有離開。

在距離大廈約兩公里遠的一棟高樓裏，一個女人正站在窗前，手持望遠鏡觀察大廈所在的方向的情況。看到滾滾的濃煙升起，她的臉上露出陰森而詭異的笑容。這個女人不是別人，正是剛才開着黑色轎車碾過水坑，濺了帥克一身髒水的那個人。

放下望遠鏡，這個女人就像雕塑一般站在窗前一動不動。「時機已到，開始行動！」她好像是在對着空氣說話，但實際上命令已通過藍牙耳機傳達出去了。

國防小講堂

眼鏡蛇機動

在電影中，飛行員駕駛戰鬥機飛出「超級眼鏡蛇機動」，躲過導彈的攻擊。「眼鏡蛇機動」也被稱為「普加喬夫眼鏡蛇機動」，這是因為在 1989 年 6 月的巴黎航展上，蘇聯著名試飛員維克多爾．普加喬夫駕駛蘇 –27 戰鬥機首次在全世界面前表演了「眼鏡蛇機動」。

「眼鏡蛇機動」的飛行軌跡如下：首先是機頭上仰至 110—120 度之間，形成短暫的機尾在前，機頭在後的平飛狀態。然後，飛行員推桿壓機頭，使飛機再恢復到平飛狀態。後來，隨着戰鬥機性能的提升，駕駛技術高超的飛行員又飛出了「超級眼鏡蛇機動」，也就是戰鬥機以機尾為中心翻一圈。

大廈前的廣場上，消防車已經趕到。人羣散到外圍，消防員站在升起的雲梯上向冒煙的位置噴射水柱。

歐陽山峰警覺地觀察着廣場上的人，總覺得爆炸並非普通的事故。帥克的身邊則站着那個和他一起跑出來的女孩。

「沒想到你臨危不懼，還能帶領大家安全逃出來。」女孩用崇拜的眼神看着帥克。

戰鷹小隊的兩位女生從沒誇過帥克，損他倒是不遺餘力，所以，當這個女孩誇讚帥克的時候，他瞬間自豪感爆棚。

「這不算甚麼，每個男生在危難時刻都應該挺身而出。」帥克故作鎮靜。

女孩的目光一直沒有離開帥克的臉，還主動伸出手說：「我叫田苗苗，很高興認識你。」

帥克輕輕地握了一下女孩的指尖，靦腆地說：「我叫帥克！」

就在這時，歐陽山峰用胳膊肘輕輕地捅了捅帥克，並說：「你快看，我覺得那個東西有點不對勁。」

帥克抬頭看去，原來歐陽山峰說的是一架迷你無人機，或者叫四軸飛行器。這是一種很常見的迷你無人機，很多人把它當作玩具，通過遙控的方式飛行。

「有甚麼不對勁，不就是一個飛行玩具嗎？」帥克說。

歐陽山峰搖搖頭，說：「若是平時，我也不會懷疑它。可是，這裏剛剛發生過爆炸，人羣都聚集在廣場上，而這架無人機偏偏在此時飛到了人羣上空。」

「也許是哪個記者想拍攝一些俯瞰的畫面，進行報道呢！」帥克說。

「我就是一名記者。」田苗苗掏出記者證給歐陽山峰和帥克看，「以職業的角度看，這不是一架記者的無人機。如果是我的話，我會操控無人機去拍攝消防員救火以及火場的畫面，而不是讓它在人羣上空盤旋，因為人羣的畫面毫無報道價值。」

田苗苗的話讓歐陽山峰更加確定了這架迷你無人機不同尋常。旁邊有一位好事者不知道從哪裏弄到一個望遠鏡，正端着它觀察大廈起火的位置。歐陽山峰二話沒說，一把奪過望遠鏡，朝空中的無人機望去。

「你是誰？竟然敢搶我的望遠鏡！」那個人瞬間惱火，要跟歐陽山峰動手。

帥克趕緊攔住他並解釋道：「情況緊急，只是借用一下而已。」

那個人仍舊嚷嚷着說：「管你甚麼情況，不打招呼就搶別人的東西分明是找揍。」

歐陽山峰根本沒有聽進那個人的話，他知道帥克會幫他解決掉這些小問題。

這是一個普通的民用望遠鏡，或者說只是一個地攤玩具，所以放大倍率不高。無人機飛行的速度並不快，且飛行高度在逐漸降低，所以即便通過一個普通的望遠鏡，歐陽山峰還是看清了無人機的真面目。

「不好，快散開。」歐陽山峰突然大喊一聲。

「你看到了甚麼？」帥克問。

「炸彈，無人機上掛着一枚炸彈。」歐陽山峰大喊。

聽到有炸彈，剛才還嚷嚷着要揍歐陽山峰的那個人也不叫囂了，轉身就往廣場外跑。

「你確定？」帥克大聲問。

「百分之百確定。」歐陽山峰聲嘶力竭地喊，「大家快散開，不要聚集在這裏，炸彈馬上就要落下來了。」

恐慌是世界上蔓延最快的「病毒」，最先聽到的人驚慌地向外散去，從而帶動那些沒有聽到的、不明真相的人也跟着驚恐地四散奔逃。

正當人羣向外散開的時候，歐陽山峰看到一個東西從無人機上落了下來，不想看到的事情還是發生了。雖然人羣已經開始擴散，但炸彈若落到地面，還是會傷到沒有逃遠的人。

危急時刻，歐陽山峰縱身躍起，竟然徒手接住了還未落地的炸彈。這枚炸彈硬邦邦的，有着冰涼的外殼，然而它卻隨時可以炸出一團炙熱的火和無數鋒利的碎片。

看到歐陽山峰徒手接住炸彈，帥克的腦袋瞬間嗡了一聲。血肉之軀怎麼可能防得住鋼鐵彈片呢？他甚至覺得歐陽山峰會把炸彈壓在身下，犧牲自己來保護無辜的羣眾。

田苗苗也驚呆了。作為一名記者，她用相機記錄下這一令人震撼的瞬間。歐陽山峰騰空接住炸彈的畫面被存儲在田苗苗的相機裏。她的腦海中甚至閃過這樣一個念頭：這將是歐陽山峰生前最後的照片。

歐陽山峰雙手接住炸彈，但卻沒有像帥克想的那樣把它壓在身下，而是瞬間將其拋了出去。作為一名軍人，特別是經歷過海軍陸戰隊和航空兵部隊鍛煉的軍人，歐陽山峰有着敏銳的洞察力和警惕性。來到廣場上後，歐陽山峰就對整個廣場的環境進行了詳細的觀察。一旦發生緊急事件，哪個方向可以疏散人羣，哪裏可以躲避爆炸物的襲擊，歐陽山峰早

已熟記於心。

在廣場的中心有一個直徑十米的水池，裏面養着一些觀賞魚，傍晚的時候還會有噴泉從中噴起。歐陽山峰把炸彈投向那個水池。在海軍陸戰隊的時候，歐陽山峰可是投彈高手，所謂高手並不僅僅是投得遠，還要投得準。

這枚炸彈毫無偏差地落到了水池中央。隨着一聲巨響，爆炸發生，激起幾米高的水柱，幾條魚也被炸到空中，然後啪啪地落到地上。水柱落下，水池恢復平靜，水面上漂着一條條翻着肚皮的魚。

田苗苗長出了一口氣，臉上也露出了笑容。相機裏的照片不會成為歐陽山峰的訣別影像，這是一件令人無比欣喜的事情。

人羣已經散開，而頭頂那架無人機也向遠處飛去。這種小型無人機的操控距離不會太遠，所以只要追着它就能找到幕後的操縱者。

歐陽山峰和帥克朝無人機飛走的方向追去。田苗苗也緊跟在後面，心想今天可算拍到大新聞了。她又想，這兩個男生到底是甚麼人呢？探尋事物背後的真相是記者的職業病，田苗苗想把這一切弄清楚，然後寫成一篇獨家新聞報道。

不過，田苗苗的體力遠不如歐陽山峰和帥克，所以很快便被遠遠地甩在了身後。當追上歐陽山峰和帥克的時候，她看到兩個人正背對着自己站在一棵大樹下發呆。

國防小講堂

空域的申請

在廣場的上空，歐陽山峰發現一架迷你無人機正在飛行。作為一名空軍飛行員，他知道無論是有人駕駛還是無人駕駛的飛行器，在飛行前都要按照規定申請飛行空域，否則都是非法飛行。

申請飛行空域要註明飛行器的型號、起降點、任務性質、飛行區域、高度、日期、預計開始和結束的時刻等信息。不同性質的飛行器的空域申請，審批權限也不相同。雖然航空法有嚴格的規定，但我們也能看到很多飛行愛好者缺乏法律意識，經常在沒有得到任何審批的情況下進行無人機的飛行。這種行為給民航和軍事防空造成了諸多困擾，應該堅決抵制。

田苗苗看到歐陽山峰和帥克站在一棵大樹下。走近後，她還看到地面上停着那架迷你無人機。

「怎麼樣，找到幕後的操縱者了嗎？」田苗苗問。

帥克搖搖頭說：「這個傢伙很狡猾，故意把無人機往相反的方向操控，把我們引到了一條錯誤的路線上。」

那棟距離廣場約兩公里遠的高層建築中，那個神秘的女人依舊站在窗前。她手中的望遠鏡已經垂下，臉上像遮了一層厚厚的烏雲。她沒想到如此天衣無縫的恐怖襲擊行動，竟然功虧一簣。

「戰鷹小隊！」女人咬牙切齒地說，「新仇舊恨，我要跟你們一起清算。」

帥克和歐陽山峰回到軍營時已經晚上八點鐘了，毫無疑問他們超出了規定的歸隊時間。但是，他們並沒有受到處罰，因為公安局已經給他們的上級打過電話。

第二天一大早，歐陽山峰便成為整個空軍部隊最閃耀的那顆星。出完早操回來的路上，飛行二中隊的一名上尉飛行員對歐陽山峰說：「厲害啊，飛身英雄。」

「甚麼飛身英雄？」歐陽山峰有點迷惑。

「你就別裝了，鋪天蓋地都是你跳起來接住炸彈的新聞。」那個飛行員說，「我還看到一張你飛身而起的特寫照片呢！」

歐陽山峰想，肯定是那個田苗苗寫的新聞報道。雖然這是一件光彩的事情，但歐陽山峰並不想讓所有人都知道，因為那樣他就會曝光在大眾的面前，走到哪裏都會被人認出。

因為這件事，不少人對歐陽山峰態度大變，尤其是戰鷹小隊的兩位女兵。以前，歐陽山峰在關悅的眼中就是一個衝動的冒失鬼，雖勇氣可嘉，但熱血上頭後便會大腦短路。現在，她可不那樣認為了。

「歐陽山峰，你真是一位當之無愧的勇士。」關悅誇讚道，「換作是我，絕不敢像你那樣將生死置之度外。」

「過獎了，」歐陽山峰臉色微紅，「我哪裏是甚麼勇士！只是腦袋一熱便甚麼都不想了。」

吃早飯的時候，夏小米把一個剝好的雞蛋放到歐陽山峰

的碗裏，還說：「這是獎勵給大英雄的，吃吧！」

帥克把自己的碗推到夏小米面前說：「蝦米，我也要。」

夏小米瞪了帥克一眼說：「你又不是大英雄，自己剝。」

「我怎麼不是大英雄？昨天的行動，我和歐陽山峰一直在一起，功勞也有我一份。」帥克胸中的火苗向外冒，差點變成一條噴火龍。

「是啊，昨天帥克的表現也可圈可點，只不過記者的報道裏寫我多一點而已。」歐陽山峰說。

夏小米又看了帥克一眼，小聲說：「我倆認識這麼多年了，我還不了解你？你不惹事添亂就不錯了。」

帥克憋着一肚子的火低頭吃飯。楊大龍始終一言不發，雖然他沒有經歷昨天的事情，但聽過帥克和歐陽山峰的講述後，一直覺得這次恐怖襲擊事件很可能與「豺狼組織」有關。

楊大龍的腦海中回憶起戰鷹小隊清剿豺狼組織的戰鬥行動。豺狼組織是一個極端恐怖的武裝組織，曾在全球多地策劃並實施過多起恐怖襲擊事件。特別是他們以金錢利誘和武力脅迫的方式，將一批進行人工智能武器研究的科學家聚攏到麾下，大力發展以小博大的智能武器。

機械殺人蜂就是豺狼組織研製出來的一種人工智能武器。它的外形與普通蜜蜂並無兩樣，但採用了人臉識別技術，且內置高性能的微量炸藥。當通過人臉掃描鎖定攻擊目標後，機械殺人蜂就會猛地刺向目標的要害，並引爆高性能的微量炸藥將其殺害。

機械殺人蜂的核心技術是微型芯片和人臉識別。朗德教授是這方面的權威專家，但卻不願為豺狼組織效命。後來，豺狼組織綁架了朗德教授，並以他家人的生命來威脅他。無奈，朗德教授只能違心為豺狼組織效命。

但是，朗德教授也留了一手。他悄悄地採集了豺狼組織成員的人臉信息，並存儲到芯片中。當戰鷹小隊攻入豺狼組織的基地後，朗德教授與戰鷹小隊配合，放飛了輸入豺狼組織成員人臉信息的機械殺人蜂。也就是說，豺狼組織自作自受，被己方研製的機械殺人蜂追蹤、攻擊，最終死傷慘重，巢穴傾覆。

可惜的是，豺狼組織的頭號人物刺梅卻逃脫了。這是因為刺梅從未以真面目示人，所以朗德教授輸入的只是她的假面信息。

楊大龍知道逃走後的刺梅不會善罷甘休。首先，她要報復的人就是朗德教授。其次，她肯定會跟戰鷹小隊秋後算賬。至於朗德教授，他已經回到自己的國家與家人團聚。戰鷹小隊好久未收到他的任何消息了。

刺梅去哪裏了呢？豺狼組織在全球不同的國家有多個基地，因此楊大龍猜測，刺梅肯定逃到另外一個基地去了。現在，最棘手的問題是沒有人知道刺梅的真面目，所以即便她出現在戰鷹小隊的面前，也不會有人認出她。

楊大龍猜測昨天發生的恐怖襲擊事件也許跟豺狼組織有關，說不定就是刺梅親手策劃的。楊大龍一邊吃飯，一邊思考着這些問題。突然，他想到了甚麼，問關悅：「聽說你最近在研究一種新型的情報搜集裝備，有沒有進展？」

「有點進展，但離成功還有很遠的路要走。」說到這裏，她看着帥克，「昨天我讓他幫我買的那些電子元件，他一樣都沒買來。」

「那可不怪我，不是遇到突發情況了嗎？」帥克說。

「我沒怪你，只是在陳述事實。」說完，關悅又看着楊大龍問：「你怎麼突然關心起我的研究來了？」

「我懷疑昨天的恐怖襲擊事件跟豺狼組織有關。」楊大龍往嘴裏扒拉了一口飯，「所以，希望你發揮情報搜集的特長，追蹤豺狼組織，特別是刺梅的蹤跡。」

關悅點點頭。

楊大龍吃完早飯，剛剛站起身，刺耳的防空警報聲突然響起。戰鷹小隊的隊員們立刻將碗筷丟在餐桌上，急匆匆地向餐廳外跑去。

國防小講堂

軍營的伙食

今天給各位講一個關於吃的問題——軍營的伙食。俗話說：民以食為天。對於軍人來說，也是如此，吃不飽的士兵是沒有力氣打仗的。在部隊還有一句話：伙食是半個指導員。指導員負責做思想工作，而好的伙食就相當於半個指導員，也就是說，吃得好了，指導員的思想工作就好做了。這句話雖然通俗，但卻從側面體現了伙食的重要性。

軍人的訓練強度大，如果營養跟不上肯定會影響訓練，也會影響身體。所以，軍營的伙食都是經過科學合理的搭配的，且注重口味，能夠滿足士兵的需求。

楊大龍跑到食堂前的空地上抬頭看去，並未在空中發現任何飛行器。

「所有人員注意，立即趕往各自的戰鬥崗位。」營區裏的廣播響起。

士兵們立即奔向各自的戰鬥崗位。戰鷹小隊則衝向機庫，進入各自的戰鬥機，做好起飛迎敵的準備。

「翼龍注意，立即駕駛金鷹戰鬥機起飛。」楊大龍的耳機中傳來第一飛行大隊大隊長楊雲天中校的命令。

「是！」楊大龍應答。

「雨燕注意，駕駛預警機升空，為翼龍提供情報保障。」楊雲天又命令道。

關悅回答：「是！」

金鷹戰鬥機扶搖直上，因為它具備垂直起降功能。楊大龍仔細地檢查金鷹戰鬥機的各種飛行參數，並操作它向高空不斷攀升。

身背「大蘑菇」（預警機的雷達天線罩）的預警機在跑道上滑跑，然後仰起機頭斜插着飛向天空。關悅熟練地操作預警機上的設備，搜索着空中的不明飛行物。

預警機中不止關悅一個人，機艙中還有幾名數據分析人員。這些人對雷達探測到的數據進行分析，並將準確的分析結果傳遞給地面指揮中心以及空中的己方戰鬥機。

「距離一百公里，飛行高度兩萬五千米，飛行速度二點八馬赫。」關悅將數據通報給楊大龍。

「翼龍收到！」楊大龍回應，「雨燕，能判斷出飛行器的類型嗎？」

「應該是一架高空長航時偵察機。」關悅回答。

「有人，還是無人？」楊大龍又問。

「還不能確定，但無人偵察機的可能性較大。」關悅回答。

「明白了。」楊大龍說，「請時時向我提供那架偵察機的飛行數據。」

「收到。」關悅回應。

楊大龍根據關悅發送的數據調整金鷹戰鬥機的飛行航

線。他將戰鬥機的飛行高度也調整到一萬五千米，飛行速度則達到了二點五馬赫。對於金鷹戰鬥機來說，這樣的飛行速度和高度雖還未達到極限，但也使出百分之八十的功力了。

「翼龍，那架偵察機已經升入三萬米的高空，飛行速度更是超過了三馬赫。」關悅的聲音突然傳來，而且明顯帶有緊張的情緒。

「『雙三』飛機！」楊大龍驚歎道，「到底是甚麼來頭？」

所謂「雙三」飛機，是指最大飛行高度超過三萬米和最大飛行速度超過三馬赫的飛機。楊大龍聽到關悅傳來的數據後，再也不敢小瞧這架偵察機了。雖然它不是一位帶刀的武士，但飛簷走壁的功夫讓武林高手也無可奈何啊！

「距離五十公里，飛行高度兩萬兩千米，飛行速度二點三馬赫。」關悅再次傳來最新的數據。

「敵我識別信號是否已經發送？」楊大龍問。

「已經發送，確認為敵機。」關悅回答。

既然是敵機，楊大龍便不會有絲毫猶豫了。只要再靠近一段距離，他就會發射一枚空對空導彈將這架敵機擊落。

即便是和平時期，一國派出高空無人偵察機對另一國進行偵察也是常有的事情。這種侵犯他國領空的行為一旦被發現，被入侵的國家便可以將入侵的偵察機擊落，這也是毫無爭議的事情。

楊大龍駕駛的金鷹戰鬥機已經鎖定了不速之客，此時二

者的距離是三十公里，完全在空對空導彈的射程之內。

然而，楊大龍的手指放在導彈的發射按鈕上，竟然遲疑了。參加過那麼多次空戰，與數不清的敵機在空中廝殺，楊大龍從未像此刻這樣猶豫不決。他之所以遲疑，是因為不自信。這看起來似乎有點好笑，身經百戰的楊大龍與高手過招時從未害怕過，如今面對一架無人偵察機竟然會不自信？

遲疑只是一瞬間的事情，最終楊大龍還是按下了發射按鈕。位於機腹下方的隱藏式彈艙開啟，一枚空對空導彈被投放出來，成功點火後朝那架偵察機飛去。

楊大龍的不自信似乎影響了這枚導彈，它竟然也猶猶豫豫，慢慢悠悠地在空中飛行。當然，實際上它是一枚各項飛行數據都很正常的導彈，之所以顯得畏縮不前，是因為對手的飛行速度太快了。

那架偵察機已經確定為無人駕駛，但它還是第一時間對來襲的導彈做出了反應。楊大龍從雷達屏幕上看到那架無人偵察機正迅速向高空拉升。

「簡直不可思議。」楊大龍讚歎道，因為轉瞬之間那架無人偵察機便從兩萬兩千米的高度拉升到了三萬一千米。

在如此短的時間內高速拉升，任何飛行器都要面對一個棘手的問題——熱障。所謂熱障，是指飛機的飛行速度快到一定程度時，與空氣摩擦產生大量的熱量，從而威脅到飛機結構安全的問題。當然，最大的問題就是機體在受熱後會膨

脹，最壞的結果是可能造成解體。

「如果我沒猜錯的話，這架無人偵察機的機體是用鈦合金材料製造的。」楊大龍自言自語道。

此時，那架無人偵察機已經把楊大龍發射的導彈遠遠地甩在後面。它在高空掉轉方向，正在加速逃離。那枚導彈雖被甩開，卻仍在百折不撓地繼續追趕。無奈的是，一隻雞永遠追不上一隻展翅飛行的鳥。

無人偵察機飛得太快了，以至於遠在後方預警機上的關悅都為之驚歎：「三點五馬赫，而且還在繼續加速。」

這便是楊大龍按下導彈發射按鈕前遲疑的原因——他已經預測到這枚導彈的無奈，更準確地說是自己的無奈。

這是一架比導彈飛得還高、飛得還快的飛機。所以，它才敢招搖過市，明目張膽地侵犯我國的領空，對軍事目標進行肆無忌憚的偵察。

楊大龍發射的那枚導彈雖然在努力飛行，但最終還是跟丟了目標，在空中盲目地飛行了一段距離後自爆了。

不過，楊大龍並沒有放棄。他駕駛金鷹戰鬥機朝無人偵察機逃竄的方向追去，而他的耳機裏則不斷地傳來關悅通報的數據。

國防小講堂

升上天空的雷達

關悅正駕駛一架預警機在空中飛行。雷達可以探測和發現遠距離的敵人和武器。但是，雷達波是按直線傳輸的，而地球是一個曲面，再加上各種地形地物的影響，地面或軍艦上的雷達對地平線以下的目標一般探測不到。

預警機的出現解決了這一問題。飛機在空中飛行，就會降低地球曲率和各種地物對雷達波的影響。地面雷達對低空、超低空突防飛機的探測，直到距離目標 30—40 公里時才能發現；而升空後的預警雷達則在與目標相距 300—400 公里時，就能將其盡收眼底。

楊大龍駕駛的金鷹戰鬥機的最高飛行速度為二點五馬赫，而那架無人偵察機的最大飛行速度則超過了三點五馬赫。兩者之間有一馬赫的速度差，所以即便楊大龍的飛行技術再高超，金鷹戰鬥機也永遠無法追上那架無人偵察機。

自始至終，楊大龍都未目睹那架偵察機的真容，只是在雷達屏幕上見識到了它的本領。此刻，它在金鷹戰鬥機的雷達屏幕上也消失了。

若是帥克擔任這次迎敵任務，此時肯定會長歎一聲；若是歐陽山峰，則會被氣得發出一聲怒吼；就算是夏小米遇到這樣的事情，也會氣憤地搖頭跺腳。可是，楊大龍卻不聲不響，面無表情地駕駛金鷹戰鬥機返航了。

戰鬥機的雷達與預警機的雷達相比，探測距離相差甚遠。當那架無人偵察機消失在金鷹戰鬥機的雷達屏幕上時，卻仍在關悅駕駛的預警機監控範圍之內。

關悅駕駛的預警機雷達可以探測到五百公里，甚至更遠的空中目標，而且能夠同時監視幾十個目標，與空中的數架戰鬥機形成一個信息網。預警機是這個信息網的中心，或者說是大腦，而戰鬥機則是肢體，大腦通過發送指令來支配這些肢體進行戰鬥。

最終，無人偵察機消失在西南方向的空中。我軍的防空雷達網顯示，它已經逃出我國領空。雖然這次攔截行動沒能將其擊落，但卻將其驅逐出我國的領空。這當然不是一個令人滿意的結果，只能算勉強完成了任務。

空中預警解除，金鷹戰鬥機降落在空軍機場。隨後，預警機也如同一隻歸巢的大鳥緩緩降落。金鷹戰鬥機駛入機庫後，水滴形的座艙蓋向上開啟。楊大龍摘下飛行頭盔，從駕駛艙中走出來。

戰鷹小隊的另外三人一直在機場等候楊大龍和關悅。見楊大龍走下戰鬥機，帥克和歐陽山峰湊了過去，都想知道在空中到底發生了甚麼。可是楊大龍卻陰沉着臉，一言不發，徑直朝營房的方向走去。

帥克和歐陽山峰並沒有追過去，而是站在機庫旁看着楊大龍的背影。帥克說：「他怎麼了？」

歐陽山峰答：「肯定是受刺激了！」

「受甚麼刺激？」帥克又問。

「被耍了吧！」歐陽山峰又答。

「楊大龍被耍了？」帥克摸着歐陽山峰的頭不解地說，「一位王牌飛行員駕駛先進的 4S 戰鬥機，竟然被一架無人偵察機耍了？好像有點說不過去啊！」

歐陽山峰推開帥克的手，質問道：「你一邊說話，一邊摸我的頭幹甚麼？髮型都被你摸亂了。」

「我思考問題的時候習慣摸頭。」帥克回答。

「那你摸自己的頭啊！」歐陽山峰厭惡地說。

帥克嘿嘿一笑，臉上露出壞壞的表情。「剛才我跟機務班的戰士一起修飛機，弄了一手機油，摸自己的頭不是會把頭髮弄髒嗎？」

「你——」歐陽山峰瞪起眼睛，「你把油都抹我頭髮上了？」

「急甚麼啊？」帥克一臉不屑的表情，同時攤開手讓歐陽山峰看，「誰說都抹你頭髮上了？這不，我手上也還有呢！」

歐陽山峰氣得想在帥克的背上插上幾根火箭把他送上天。一旁的夏小米被逗得咯咯地笑，這兩個男生總是能給大家帶來快樂。尤其是帥克，雖然有時候很討厭，但要是沒這個討厭鬼，生活似乎也缺少了色彩。

關悅的預警機也停在了機場中。她和機組人員走下預警機。夏小米跑過去問：「到底發生了甚麼？楊大龍一句話不說就走了。」

關悅搖搖頭無奈地說：「他就是那樣的脾氣，這麼多年一點都沒有改變。誰都不要理他，過幾天就好了。」

隨後，關悅一邊走一邊將空中發生的事情跟大家講了一遍。聽完關悅的講述，其他人也覺得不可思議。他們參加過那麼多次空戰，還從未遇到過比導彈和戰鬥機飛得還快的無人偵察機。

「這架無人偵察機到底是甚麼來頭呢？」歐陽山峰皺着眉頭問。

「它消失在西南邊境方向，應該降落在鄰國的某個地方。但是，這並不能說明它就是鄰國的飛機。」關悅說。

戰鷹小隊的隊員們一邊走一邊討論着今天發生的有點不可思議的事情。他們猜測那架無人偵察機還會再次出現，而且這只是一場陰謀的開始。

天空被灰色雲層籠罩，似乎在醞釀着一場秋雨。秋葉變得更黃了，不再是一片片地翩翩落下，而是集體甩開樹枝往下落。

楊大龍坐在宿舍裏，靜靜地擦拭他那支 88 式狙擊步槍。這支槍從他參軍那天起，就一直跟隨着他，儼然已經成為他的朋友，甚至是他生命的一部分。與其說他在擦槍，不

如說他在與這支槍對話。

「老朋友，今天發生的事情令我顏面掃地。我竟然沒追上一架無人偵察機，眼睜睜地看着它逃走了。」楊大龍雖然沒開口，但好像在對狙擊槍說。

「嗨，老朋友。」狙擊槍被擦得鋥亮，似乎也在回應楊大龍，「這不是你的錯，當然也不是金鷹戰鬥機的錯。就像人一樣，每一種武器都有自己的長處和短處，比如那架無人偵察機的長處就是飛得快、飛得高，這樣在窺視別人家裏的時候，萬一被發現它才能逃脫。」

楊大龍長出一口氣，把擦槍布放到一邊。此時，這支狙擊槍就像一個乾淨利落、精神抖擻的帥小伙。

楊大龍感覺壓在心口的一塊石頭被人搬走了，瞬間輕鬆了許多。他的思維也不再是一潭死水，而變成了歡快流淌的小溪。他想，發生在城市的恐怖襲擊事件和今天的高空無人偵察機入侵也許都是同一夥人策劃的。

國防小講堂

預警機的雷達

前面我們講到雷達飛上天後探測的距離大大增加，今天跟大家講講各式各樣的預警機雷達。

最常見的預警機的機背上有一個「大蘑菇」。這個「大蘑菇」實際上就是雷達的天線罩，比如美國的 E-3 預警機，以及中國的空警 -2000 預警機的雷達天線罩都是這樣的外形；有的預警機的機背上背着一根「平衡木」，這根「平衡木」也是雷達的載體，比如瑞典的薩博 -2000 預警機；還有的預警機「鼻子」特別大，這是因為它的雷達安裝在機頭的位置，比如以色列的「費爾康」預警機。

楊大龍猜測發生在城市的恐怖襲擊事件與無人偵察機的入侵可能有關聯，而且極有可能是一夥人策劃的。然而，他並沒有證據。況且，就連在城市中發動恐怖襲擊的是甚麼人，他們也還沒有弄清楚。當然，楊大龍懷疑這一切都是豺狼組織所為，但同樣沒有證據。

接下來的幾天風平浪靜，一場秋雨之後天空再次晴朗起來。秋天的雲不像夏天那樣大朵大朵的，而是一絲一縷的，如果說夏天的天空化的是濃妝，秋天的天空化的則是淡妝，看上去令人更舒服。

雖然上次的追蹤並沒有擊落無人偵察機，但預警機卻捕獲了不少有價值的信息。這些天，關悅一直在反覆地研究這

些信息。通過研究，她發現這架無人偵察機最高的飛行速度曾瞬間接近四馬赫，而最大飛行高度則瞬時達到了三萬八千米。最關鍵的是，它的加速能力竟然超過了現役的絕大多數戰鬥機。也就是說，它不僅是突破熱障的「雙三」飛機，而且裝備了最先進的航空發動機，甚至不止一台發動機。

這架無人偵察機如此先進，令關悅為之讚歎，但作為一名專業人士，她知道這些出色的飛行數據必然是在其他方面做出犧牲後的結果。

「大龍，我認為這架無人偵察機的起飛基地距離我們並不遠，除非中途它接受了空中加油。」關悅說。

「何以見得？」楊大龍問。

關悅分析道：「它的超機動性必然是以犧牲長航時為代價的，也就是說它會儘量減輕機體重量，包括載油量，從而實現更強的機動性。」

楊大龍點點頭，認為關悅分析得有道理，並推斷說：「這樣說來，它的作戰半徑並不大，因此它的起飛地點距離我們不會太遠。」

說到這裏，楊大龍和關悅的眼睛同時冒出喜悅的光，然後又閃過一絲絲的擔憂。喜悅的是，他們分析出了敵機隱藏的大致範圍；擔憂的是，敵人離他們這麼近卻一直未被察覺，也就是說敵方很可能早就滲透到境內了。

「站住，你站住！」

就在這時，院子裏突然傳來一名戰士的大喊聲。

戰鷹小隊的隊員們都伸長脖子朝院子裏看去。他們看到一名戰士正在追趕一位脖子上挎着相機的女生。帥克和歐陽山峰一眼便認出了這個人——田苗苗。

於是，帥克和歐陽山峰衝到院子裏，攔在田苗苗面前。此時，那名戰士也追了上來。田苗苗看到帥克和歐陽山峰像是見到了救命稻草，一隻手抓住帥克的胳膊，另一隻手抓住歐陽山峰的胳膊，氣喘吁吁地說：「我可找到你們了。」

帥克和歐陽山峰還沒來得及問這是怎麼一回事，那名戰士便追了上來，一把抓住田苗苗的相機，並命令道：「立即把裏面的照片全部刪除。」

「兇甚麼兇？」田苗苗甩開戰士的手，「我是來找他們兩個的，再說了，我是經過允許的。」說着，她把通行證在戰士的面前晃了晃。

「我知道你是經過允許才進入軍營的，但軍營是保密場所，不能隨便拍照。」戰士說，「你一進入營門就拿起相機劈里啪啦地拍個不停。」

「不就是拍幾張照片嗎？有甚麼大不了的？」田苗苗不解地問。

歐陽山峰語氣緩和地說：「把相機給我，我看看你都拍了甚麼。」

田苗苗信任歐陽山峰，所以乖乖地把相機交到他的手裏。可是沒想到歐陽山峰拿到相機後，二話不說就把裏面的照片都刪除了。

「可惡，我好不容易才拍到的。」田苗苗氣得狠狠地擰了歐陽山峰一下。

歐陽山峰疼得直咧嘴，但卻沒有生氣。他心平氣和地說：「我知道你是記者，習慣拍照，擅長捕捉新聞。但是，今天我要告訴你，有些地方是不能拍照的，有些事情也是不能隨便報道的。那就是涉及軍事機密的場所、人員、裝備等都不能拍照，有關軍事行動、軍事研究、軍事人員等的內容也不能隨便報道。」

田苗苗低下頭不再說話，作為一名新聞記者，保守國家的軍事祕密的原則她還是知道的。那個追來的戰士見歐陽山峰把相機裏的照片全部刪除了，也就離開了。

「田苗苗，你來這裏做甚麼？」帥克問。

田苗苗抬起頭，臉上瞬間灑滿陽光，歡快地說：「我是來找你和歐陽山峰的。」

「找我們？」帥克問。

「是啊，難道不歡迎嗎？」田苗苗假裝生氣。

「歡迎，歡迎，當然歡迎了。」說話的是夏小米，「我代表帥克和歐陽山峰歡迎這位小美女。」

田苗苗仔細地打量站在面前的夏小米。夏小米同樣端詳着田苗苗。兩位女生身高相仿，胖瘦也差不多，留着同樣幹

練的短髮，只不過一個穿着軍裝，一個穿着休閒裝。若是她們並排站在一起，搞不好會被認為是孿生姐妹。

「這位是？」田苗苗看着帥克問。

「我介紹一下。」帥克趕緊說，「這位是戰鷹小隊出類拔萃、聰明過人、人見人愛的蝦米，不對，是夏小米。」

夏小米狠狠地瞪了帥克一眼，心想：這傢伙在外人面前也敢喊我的外號！

然後，帥克又分別介紹了關悅和楊大龍。當然，他也向戰友們介紹了田苗苗。

「你就是把歐陽山峰拍成飛身英雄的那位女記者啊！」關悅用欣賞的目光看着田苗苗。

「不是我把歐陽山峰拍成了飛身英雄，而是他就是一位飛身英雄，我只不過用相機記錄了精彩的瞬間而已。」田苗苗謙虛地說。

「田記者，剛才你說來這裏是為了找歐陽山峰和帥克，那我們就不打擾了。」說着，夏小米拉了拉關悅的袖子，示意她和自己一起離開。

楊大龍本來就是一個不好熱鬧的人，所以他早就想回到宿舍繼續擦他那支狙擊槍了。

「等等！」田苗苗突然大喊一聲，「難道你們不想知道是誰策劃了那天的恐怖襲擊事件嗎？」

關悅和夏小米瞬間轉過身來，就連已經走到門口的楊大龍也回過了頭。他們都在想，難道這個女記者知道恐怖襲擊事件背後的祕密？

國防小講堂

無意間的泄密

田苗苗進入軍營後未得到允許便隨意拍攝照片，這是缺乏保密意識的行為。保守國家的軍事秘密是每一位公民應盡的義務和必須遵守的規則，但是現實中很多人卻由於缺乏保密意識，無意間泄露了秘密。

隨着拍照工具和自媒體平台的普及，隨手拍照並發送到網絡平台的現象越來越普遍。我們經常會看到有些自媒體平台出現軍事裝備和軍事行動的照片或影片，其實這些行為很可能無意中造成泄密。軍事禁區、軍事裝備、軍事行動都屬於保密範疇，不拍照、不傳播是我們應該有的最基本的保密意識。

田苗苗說，她知道有關恐怖襲擊事件背後的祕密。戰鷹小隊的隊員們將田苗苗圍在中間，目光聚焦在她的身上。

「你都知道些甚麼？」楊大龍問。

「我知道的都在這個相機裏，可惜照片都被歐陽山峰刪除了。」田苗苗說。

「甚麼？你怎麼不早說啊？」歐陽山峰後悔莫及，奪過田苗苗的相機，「有甚麼辦法恢復照片嗎？」

「沒有！」田苗苗搖着頭，暗暗地發笑。

「你怎麼也不仔細看一下就把照片都刪除了呢？」夏小米埋怨起歐陽山峰來。

歐陽山峰後悔得直用拳頭砸自己的胸口，解釋道：「我

以為照片都是在軍營裏拍的呢！」

田苗苗倒是一點都不着急，把相機的記憶卡取出來，對歐陽山峰說：「以後別總是你以為怎樣就怎樣，很多事情並不是你想像的那樣。」

歐陽山峰追悔莫及，用懇請的語氣對田苗苗說：「你肯定還有備份，對不對？快拿出來給我們看看。」

「還真被你猜中了。」田苗苗從口袋裏掏出另一張記憶卡，「一個不懂得備份的記者不是好記者。」

看到田苗苗拿出備份的記憶卡，戰鷹小隊的隊員們都長出了一口氣，眉頭也舒展開來。他們把頭湊到相機旁，想看看田苗苗到底拍到了甚麼。

「你們的頭擠在一起不難受嗎？」田苗苗並沒有把記憶卡插進相機裏，「我們是不是該找一台電腦，把記憶卡插到電腦上去看？」

「跟我來。」關悅說。

很快，關悅把大家帶到了她的研究室。這是飛行大隊專門為關悅準備的一間屋子，裏面堆滿了各種各樣叫不出名字的電子設備。

一台手提電腦放在桌子上，關悅把記憶卡插進側面的卡槽裏。很快，記憶卡裏的照片密密麻麻地顯示在屏幕上，足足有上千張。

「你拍了這麼多張照片啊？」關悅驚訝地說。

「我是記者，捕捉新聞是我的職業。」田苗苗拿起鼠標，放大了其中一張照片。

歐陽山峰一眼便認出這張照片拍攝的地點就是那天恐怖襲擊事件發生的那座大廈前。但是，他仔細觀察這張照片，卻沒發現任何有價值的信息。這是因為照片上有很多人，而且大多是背對着鏡頭的。

「你拍這些人的背影幹甚麼？」歐陽山峰好奇地問。

「我只是在進入電影院之前隨手拍了一張而已，沒有任何目的。」田苗苗說，「不過，後來在整理照片的時候，我卻從這張照片中發現了祕密。」

「祕密，甚麼祕密？」戰鷹小隊的隊員齊聲問。

田苗苗晃動鼠標，圈出照片中的一個人，然後說：「你們注意看這個男人。」

雖然只是背影，但性別還是很容易區分出來的。每個人都在盯着這個男人的背影看，但關注的重點卻各不相同。楊大龍最先關注的是這個男人的手。他發現這個男人的左手腕上戴着一串檀木珠子。帥克最先關注的是這個男人穿的衣服，上身是一件黃色的套頭衫，下身是一條運動休閒褲。

「你們看他的右手。」田苗苗提醒道。

楊大龍早就注意到了男人的右手。他的右手放在上衣口袋裏，而口袋鼓鼓囊囊的，裏面肯定有甚麼東西。但是，僅憑這張照片，他還是得不出任何有價值的信息。

「不要着急，我們再看下一張照片。」田苗苗點擊鼠標，第二張照片被放大。

這張照片是在進入放映廳時拍攝的，那個左手戴着珠串，身穿黃色套頭衫的男人再次出現，只不過此時他的右手從口袋中拿了出來。

「微型無人機的遙控器。」楊大龍指着那個男人上衣的右側口袋大叫起來。

田苗苗滾動鼠標將照片的局部放大，雖然遙控器只是從口袋中露出一點點，但還是能辨識出來的。

「這個男人就是發起恐怖襲擊的嫌疑人。」楊大龍說，「有沒有他的正面照片？」

田苗苗搖搖頭說：「雖然我沒拍到他的正面照片，但這個人帥克卻認識。」

「我認識他？」帥克張大嘴巴，「我怎麼不知道自己認識他？你在胡說吧！」

「你真是貴人多忘事啊！」田苗苗說，「難道你忘了自己在觀影時鬧出的糗事嗎？」

「哪壺不開提哪壺，那件事你就別在大家面前提了。」帥克不好意思地說。

田苗苗的臉上掠過一絲詭異的笑，對帥克說：「你那件事不但不丟人，而且還能成為鎖定嫌疑人的關鍵。」

由於觀影太過投入，帥克將可樂杯當成了戰鬥機的操作

手柄，把杯子裏的可樂甩得到處都是，引起周圍人的不滿。這明明是一件丟人的糗事，怎麼會跟鎖定嫌疑人有關係呢？

「你還記得有一個人拍着你的肩膀，問你是不是故意的嗎？」田苗苗提醒道。

歐陽山峰搶着說：「我記得，就是坐在帥克身後，被他濺了一身可樂的那個人。」

說到這裏，帥克的眼睛突然一亮，驚呼道：「是他，就是那個戴着手串的嫌疑人。」

「沒錯，就是他。」田苗苗肯定地說。

帥克的腦海中閃現出當時的畫面——那個男人用一隻手狠狠地拍了他的肩膀一下。他回頭向後看去，看到了那個男人的手腕上戴着一串檀木珠子。這一細節並未記錄在帥克的腦海中，但田苗苗拍攝的照片和剛才的講述喚起了帥克的記憶。

「嫌疑人就坐在我後面，哈哈，簡直不可思議。」帥克興奮地說，「我的座位號是 5 排 7 號，這樣推斷下來，他的座位號應該是 6 排 7 號。」

「6 排 7 號，6 排 7 號……」楊大龍不斷地重複着這兩組數字，突然轉身向外跑去。

戰鷹小隊的隊員們和田苗苗也跟着向外跑去。他們都知道現在應該去做甚麼——去電影院，通過購票信息查出這個人的真實身份。

國防小講堂

注重細節

戰鷹小隊和田苗苗通過對照片的認真觀察，鎖定了製造恐怖襲擊事件的嫌疑人。軍營十分重視對軍人注重細節品質的培養，這是因為戰場上一個口令的傳輸出現差錯，一個數據計算出現問題，也許就會導致整個戰鬥行動的失敗。所以，在軍營中對細節的追求可謂十分苛刻，比如，被子要疊得有稜有角；齊步走的每一步都是 75 厘米，向前擺出的手臂都是 30 厘米；5 公里越野的時候爭的是每一秒；瞄準射擊的時候，精度要達到微米；等等。對細節的磨煉使軍人形成了做事追求高品質的習慣。

戰鷹小隊請示上級後，趕往電影院。在電影院工作人員的配合下，他們很快查到了那個男人的購票信息。同時，他們通過調取電影院的監控畫面，找到了那個男人的正面照。

然而，當戰鷹小隊帶着這些信息到公安局去調查那個男人更多的信息時，公安局的幹警卻告訴他們那個人的身份信息全部是偽造的。

難道線索從這裏就中斷了嗎？公安幹警也正在全力以赴地偵破這起恐怖襲擊案件，所以他們自然不會放棄這次難得的破案機會。

最終，公安幹警通過天網系統查到了那個男人的行蹤。但是，當公安幹警趕往那個男人的落腳點時，那裏早已人去

樓空。不過，戰鷹小隊又有了新的收穫，那就是在觀看天網系統的監控畫面時，帥克又認出了一個人。

「帥克，你快看這個女人。」歐陽山峰指着屏幕上的一個人，「她就是那天開着黑色轎車，濺了你一身泥水的那個人。」

帥克定睛一看，果然是那個女人。影片中顯示，她和那個戴着手串的可疑男人會合後，急匆匆地進入了那輛黑色的小轎車，然後駕車朝郊區駛去了。正因為他們駛出了市區，所以才離開了天網系統的監控範圍。

「還有一種可能。」楊大龍說，「那就是當這兩個人再次出現在天網系統的監控中時，已經改頭換面讓我們認不出了。」

「一切看似是巧合，其實卻是早有預謀。」關悅說，「這一系列的活動像極了豺狼組織的風格，而且那個女人極有可能就是豺狼組織的頭號人物——刺梅。」

「刺梅以假面示人，我們看到的永遠不是她的真實面容。」楊大龍說。

雖然沒有找到發動恐怖襲擊的幕後黑手，但是戰鷹小隊已經取得了階段性的成果。楊大龍叮囑田苗苗不要再關注這件事，也不要告訴任何人自己拍到了恐怖分子的照片，更不要在媒體上大肆報道他們的階段性調查結果。

「為甚麼？」田苗苗不解地問。

「為了你的安全，也為了我們的調查行動更加隱祕。」楊大龍說。

田苗苗點頭答應。

戰鷹小隊的調查還在繼續，但進展緩慢。敵人卻在加快復仇的步伐，最新的恐怖襲擊活動正在緊鑼密鼓地策劃中。

「『蟈蟈』，我讓你辦的事情辦好了嗎？」刺梅問。

蟈蟈就是那個戴着檀木手串的男人，肚子又圓又大，四肢卻像柴火棍一樣，看上去很像一隻蟈蟈。所以，豺狼組織的人都叫他蟈蟈。

「都辦好了，那個小女孩已經抓來，就關在後面的山洞裏。」蟈蟈說。

這裏是豺狼組織的另一個基地，位於大山之中。刺梅已經從城市回到這個位於大山中的狼窩有一段時間了。戰鷹小隊的隊員猜對了，那個開着黑色轎車，看上去文質彬彬的女人就是刺梅。如今，她坐鎮這個恐怖基地，正在策劃一起邪惡的恐怖襲擊事件。

「帶我去看看那個小女孩。」刺梅對蟈蟈說。

蟈蟈走在前面，刺梅跟在後面，走過林間的一段崎嶇小路，來到一個山洞前。洞口處坐着兩個豺狼組織的武裝人員，看到刺梅和蟈蟈後趕緊站起來，其中一個還把剛咬了一口的雞腿藏在了身後。

「提高警惕，不許偷懶。」蟈蟈訓斥那兩個恐怖分子。

「是！」兩個恐怖分子乖乖地應道。

那個拿着雞腿的傢伙一鬆手，雞腿落在了草叢裏。他可不想讓刺梅看到自己在吃雞腿，因為刺梅發起火來也是六親不認，殺人不眨眼的。

刺梅始終沒說一句話，這樣可以讓她看起來更有威嚴。同時，聽到過她的聲音的人越少，她的身份也就越隱蔽。

兩個人一前一後進入山洞，蝙蝠依舊在前面帶路。山洞裏，一股潮濕霉變的氣味撲面而來。刺梅用手捂住鼻子，但還是忍不住咳嗽了幾聲。

還沒看到那個小女孩，刺梅便聽到了她的哭泣聲。當看到那個小女孩的時候，刺梅的臉上露出陰冷的笑容。小女孩蜷縮在山洞的角落裏，金色的長髮凌亂地披散着，眼神中充滿了恐懼。看到有人走近，她不停地向後退縮，想要像刺蝟那樣把自己縮成一團，可惜的是，她沒有可以用來保護自己的刺，所以即便縮成一團也無濟於事。

「你就是愛麗絲？」刺梅蹲下身子問。

小女孩驚恐地點點頭，雙臂緊緊地抱在一起。愛麗絲是朗德教授的女兒，如今已經十歲了。她之所以被豺狼組織的人抓到這裏，是因為朗德教授掌握着機械殺人蜂的核心技術，更是因為朗德教授曾在機械殺人蜂的芯片中輸入了大量豺狼組織骨幹成員的人臉信息，致使機械殺人蜂攻擊了這些骨幹成員。

本來，刺梅是想除掉朗德教授的，因為這樣才能讓她解恨。但是，刺梅又不能那樣做，因為朗德教授還有利用價值。她也想過再次把朗德教授抓來，但擔心朗德教授即便一死也不會與他們狼狽為奸。所以，她才命人抓來朗德教授的女兒。愛麗絲可是朗德教授的心頭肉，只要以她來威脅朗德教授，他肯定會唯命是從。

「知道嗎，愛麗絲？你要想活下來就必須乖乖地聽我們的話。」刺梅儘量讓自己的語氣變得溫柔，但實際上仍舊讓人聽了毛骨悚然。

愛麗絲微微抬頭，從擋在臉前的頭髮縫隙間驚恐地注視着刺梅。但是，她沒有說一句話，因為她不知道面前的這些人是甚麼身份，也不知道這些人為甚麼要把自己抓來，更不知道他們到底要對自己做甚麼。

刺梅站起身對蝈蝈說：「讓她跟朗德通個電話。然後，你告訴朗德，如果想讓他女兒活命的話，就按照我們的安排行動。」

蝈蝈遵從刺梅的命令，掏出手機開始撥打朗德的電話號碼。

國防小講堂

天網系統

在公安機關的全力配合下，調取天網系統的監控影片後，戰鷹小隊最終發現了恐怖分子的蹤跡。

「天網恢恢，疏而不漏。」所謂天網系統，就是利用設置在大街小巷的大量攝像頭所組成的監控網絡。如今，中國基本上所有的城市中都在運行天網系統。它已經成為公安機關打擊街面犯罪的一大法寶，也成為追蹤犯罪分子的有效手段。

朗德教授的女兒已經失蹤一段時間了。這些天他和妻子快要急瘋了，雖然已經報警，但警察一直沒有查到任何線索。

「你想一想是不是得罪了甚麼人啊？」朗德太太問道。

朗德教授從未把自己曾經被豺狼組織脅迫的事情告訴妻子。他不在家的那幾年，妻子一直以為他在國外長期出差。

「也許是到了該告訴你真相的時候了。」朗德教授長出了一口氣，平靜地說。

「真相？難道你有甚麼事情一直瞞着我？」朗德太太情緒激動地說。

朗德教授只好把自己曾經被豺狼組織脅迫，為他們研製

機械殺人蜂的事情一五一十地告訴了妻子。講完這段經歷之後，他對妻子說：「愛麗絲很有可能是被豺狼組織抓走的，目的是逼我繼續為他們工作。」

「恐怖分子！」朗德太太歇斯底里地喊道，「他們可都是魔鬼。我可憐的女兒！」

朗德教授一把抱住近乎崩潰的妻子，安慰道：「親愛的，沒有你想的那麼糟糕。如果愛麗絲是被他們抓走的，愛麗絲反而暫時不會有危險，因為他們要用愛麗絲來威脅我。只要我答應他們的要求，愛麗絲就會安全了。」

「答應他們的要求？」朗德太太的情緒依舊激動，「幫他們製造智能殺人武器嗎？那可是犯罪，對全人類的犯罪。」

「我知道，可是我們有選擇的餘地嗎？」朗德教授無奈地揪着自己的頭髮。

正在這時，朗德教授的手機響了。他用顫抖的手抓起手機，屏幕上並未顯示電話號碼，而是一串奇怪的符號，顯而易見是對方通過軟件篡改了電話號碼。

朗德教授緊張地嚥了一口唾沫，同時示意妻子安靜。「喂！」朗德教授接通電話，故作鎮靜。

「爸爸！」電話裏傳來的是女兒的聲音。

朗德教授無法再假裝鎮靜，立即激動地問：「愛麗絲，你在哪兒？」

朗德太太也不再保持安靜，而是一把奪過電話帶着哭腔

問：「愛麗絲，你還好嗎？」

電話那頭，愛麗絲泣不成聲地說：「我……我也不知道自己在哪裏。不過，我還好。」

朗德太太還要再問甚麼，但電話中傳來的聲音卻變了。「讓朗德教授接電話。」對方是一個男人。

電話重新回到朗德教授的手中，他知道猜測的事情真的發生了。

「老朋友，好久不見啊！」電話中的聲音似曾相識。

「你是蟈蟈？」朗德教授試探地問。

「哈哈，教授真是好耳力啊！」蟈蟈說，「你女兒在我這裏。我幫你照顧一段時間，不用擔心。」

在豺狼組織的基地時，蟈蟈曾與朗德教授有過幾次接觸。蟈蟈並不長期在基地，而是每隔一段時間才回來一次。

「有你替我照顧女兒，我就放心了。」朗德教授知道不激怒對方才是最明智的，「說吧，需要我為你們做甚麼？」

「果然是明白人。」蟈蟈說，「我會把一些人的照片和影片發給你，而你要做的就是採集這些人的人臉信息並輸入到芯片中。然後，再把這些芯片放到我指定的地方。」

朗德教授沉默不語，他知道蟈蟈要做甚麼。他要用輸入人臉信息的機械殺人蜂發動恐怖襲擊，而暗殺的對象必定是軍政要員。

「怎麼，你不答應嗎？」蟈蟈的語氣有些不耐煩。

「能給我幾天時間想想嗎？」朗德教授問。

蟈蟈冷笑一聲說：「我可以等，但你的女兒恐怕等不了太久。」

朗德教授知道蟈蟈是在威脅自己。他情願用自己與女兒交換，於是他哀求道：「我去你們那裏工作，放了我女兒吧？」

「你還是安心在家裏陪妻子吧。」蟈蟈語氣陰冷，「有我幫你照顧女兒還不放心嗎？」

這句話讓朗德教授的心理防線徹底崩潰。他知道蟈蟈所說的「照顧」二字為何意，那就是慘無人道的虐待。

「好，我答應你們。」朗德教授說。

「這就對了嘛！」蟈蟈得意地笑着說，「我已經把第一批需要採集的人臉信息的照片和影片發送到雲端中，稍後會把賬號和密碼發給你。這次千萬不要再耍花樣，否則你的女兒……」

電話掛斷，隨即短信提示音響起。朗德教授看到了蟈蟈發來的雲端賬號和密碼。他迫切地想知道豺狼組織第一批要暗殺的對象是誰，於是以最快的速度登錄雲端。當他打開壓縮文件包，看到裏面的照片和影片後瞬間愣住了。

「呵呵，我就該想到會是他們。」朗德教授一聲苦笑。豺狼組織第一批要暗殺的對象不是別人，正是戰鷹小隊的五位隊員。

朗德教授拿起手機，準備給戰鷹小隊打電話。「你要幹甚麼？想打電話告訴他們嗎？」朗德太太攔住他。

朗德教授點點頭。

「你瘋了嗎？這樣會害死女兒的。」朗德太太吼道。

「可是，讓我親手害死戰鷹小隊，我也做不到。」朗德教授再也無法承受了。他站起身來，一腳踢向面前的桌子。「我該怎麼辦，怎麼辦？」他聲嘶力竭地喊着。

朗德太太此刻卻比朗德教授冷靜很多，她按住他的雙肩說：「你不要自亂陣腳，這樣只會讓結果朝着豺狼組織所期望的方向發展。」

人在焦躁的時候大腦是混亂的，朗德教授儘量讓自己平靜下來，心想也許能夠找到兩全之策。可是，他和妻子想了半天，也沒想到可以解決問題的辦法。畢竟，他們只是普通人，在面對如此棘手的問題時束手無策是再正常不過的了。

一番冥思苦想之後，朗德教授還是決定聯繫戰鷹小隊。但是，他要用豺狼組織無法監控到的辦法聯繫他們。最終，想到辦法的人不是朗德教授，而是朗德太太。

國防小講堂

恐怖襲擊

豺狼組織綁架了朗德教授的女兒，威脅朗德教授為他們工作，製造用於發動恐怖襲擊的機械殺人蜂。

所謂恐怖襲擊，就是指極端分子發動的針對但不僅局限於平民及民用設施的不符合國際道義的攻擊方式。恐怖襲擊的方式包括劫持、刺殺、製造爆炸、發動生化襲擊等。恐怖分子發動恐怖襲擊的目的是引起人們的極度恐慌，從而迫使政府向他們屈服。從 20 世紀 90 年代以來，恐怖襲擊有在全球範圍內蔓延的趨勢，對國際政治、經濟和公民自由都產生了不可估量的影響。

朗德太太是網絡通信專家，她把一份進行了超級加密的文件通過電子郵箱發送給戰鷹小隊。她認為即便豺狼組織截獲了這個文件，他們也沒有能力將其破解。當然，戰鷹小隊也有可能無法破解這個文件，但這總比讓豺狼組織得知他們和戰鷹小隊的通信內容要好很多。

「為了女兒的安全，我們別無選擇。」文件發送後，朗德太太說。

戰鷹小隊看到電子郵件的時候已經是第二天中午了。看到郵件的人是關悅，當時她正在自己的研究室裏組裝一種新型的情報收集設備。

「這是朗德教授發來的郵件。」看到郵箱的名稱後，關

悅不禁說道。很快，她將文件下載到電腦中，點擊鼠標準備將其打開。

「竟然是一個加密文件。」關悅自言自語道，而且，她發現這是一個經過超級密碼加密的文件。關悅馬上警覺起來，意識到其中很有可能藏有重要的信息。

與其他隊員不同，關悅不是通過層層選拔進入特種兵部隊的。她是數學天才，擅長破譯密碼，所以才被特招進入少年特戰隊與楊大龍成為戰友。後來，兩個人又一起被選拔進入空軍的戰鷹小隊。能夠進入戰鷹小隊，楊大龍靠的是過硬的軍事素質，而關悅靠的是密碼破譯和情報偵察的特長。所以，進入戰鷹小隊後，關悅的主要任務是駕駛預警機而非戰鬥機。

由於關悅是情報專家，所以破解這個加密文件自然不在話下，即使這是一個被超級密碼保護的文件。關悅啟動了一個自己研發的破譯軟件，開始進行超級解算。由於文件被超級加密，破解過程足足用了三個小時。當關悅看到破解後的文件後，瞬間從座椅上跳了起來。她趕緊把戰鷹小隊的其他人喊來，一起商議對策。

通過這個文件，戰鷹小隊的隊員們知道朗德教授的女兒被豺狼組織綁架了，要保住女兒的性命朗德教授就必須為豺狼組織工作。最棘手的問題是，豺狼組織第一批要暗殺的人就是戰鷹小隊的成員。朗德教授束手無策，所以向戰鷹小隊求助。

「豺狼組織是想一箭雙鵰啊！」楊大龍皺着眉說，「他們這樣做的目的是想既可以除掉戰鷹小隊，又可以試探朗德教授是否真的按照他們的命令輸入了人臉信息。」

「是啊，朗德教授左右為難啊！」關悅說，「如果他不按照豺狼組織的命令去做，女兒的生命就會受到威脅；如果他按照豺狼組織的命令去做，戰鷹小隊就會死於非命。」

這真是一個兩難的選擇，楊大龍想如果換作自己也會難以抉擇。戰鷹小隊的隊員們一籌莫展，不知道該如何幫助朗德教授。

「真是一羣無恥之徒，不敢站出來光明正大地跟我們較量，竟然用如此卑鄙的手段為難一位教授。」歐陽山峰義憤填膺地說，「我認為我們要做的就是儘快找到豺狼組織的新基地，把朗德教授的女兒救出來。」

「時間緊迫，燃眉之急是要讓豺狼組織相信朗德教授，保證朗德教授女兒的安全。然後，我們再想辦法救出朗德教授的女兒。」夏小米說。

「要想讓豺狼組織相信朗德教授，只有一個辦法，那就是朗德教授按照他們的命令將我們的人臉信息輸入機械殺人蜂。」歐陽山峰看着關悅說，「難道我們真要以命換命嗎？」

關悅歎了一口氣，也想不出甚麼辦法。

「既然豺狼組織想一箭雙鵰，那麼我們不如將計就計。」夏小米突然說道。

「將計就計？」帥克用驚喜的目光看着夏小米，「你倒是說說如何將計就計。」

從少年軍校的飛龍小隊開始，帥克和夏小米就是戰友。所以，帥克最了解夏小米，知道她博古通今，擅長謀略。當然，這一切源於夏小米海量的閱讀。

夏小米壓低聲音，好像怕被外人聽到似的，但實際上屋內只有戰鷹小隊的隊員。其他人側耳聆聽，夏小米講得條理清晰，一環扣着一環，彷彿早就在心中設計好了。

聽完夏小米的計謀後，其他人都不停地點頭，就連很少稱讚別人的楊大龍都豎起拇指說：「天衣無縫，是條妙計。」

「要想這一計謀順利實施，田苗苗是關鍵人物。」夏小米補充說，「不過，我擔心參與了這件事後，她的人身安全會受到威脅。所以，我們要盡全力保護她。」

田苗苗，一個報刊記者，卻成為這次行動的關鍵人物。夏小米的計策聽起來有點不可靠，但實際上卻計劃縝密，無懈可擊。

在給朗德教授的回覆中，戰鷹小隊並沒有全盤托出這個計劃，而是告訴他只需按照豺狼組織的命令行事即可，其他的事情就不必管了。

朗德教授和妻子在萬分不安的狀態中等待着戰鷹小隊的回覆。當他們看到回覆後，自然不理解戰鷹小隊要做甚麼，但還是按照他們的要求開始行動。

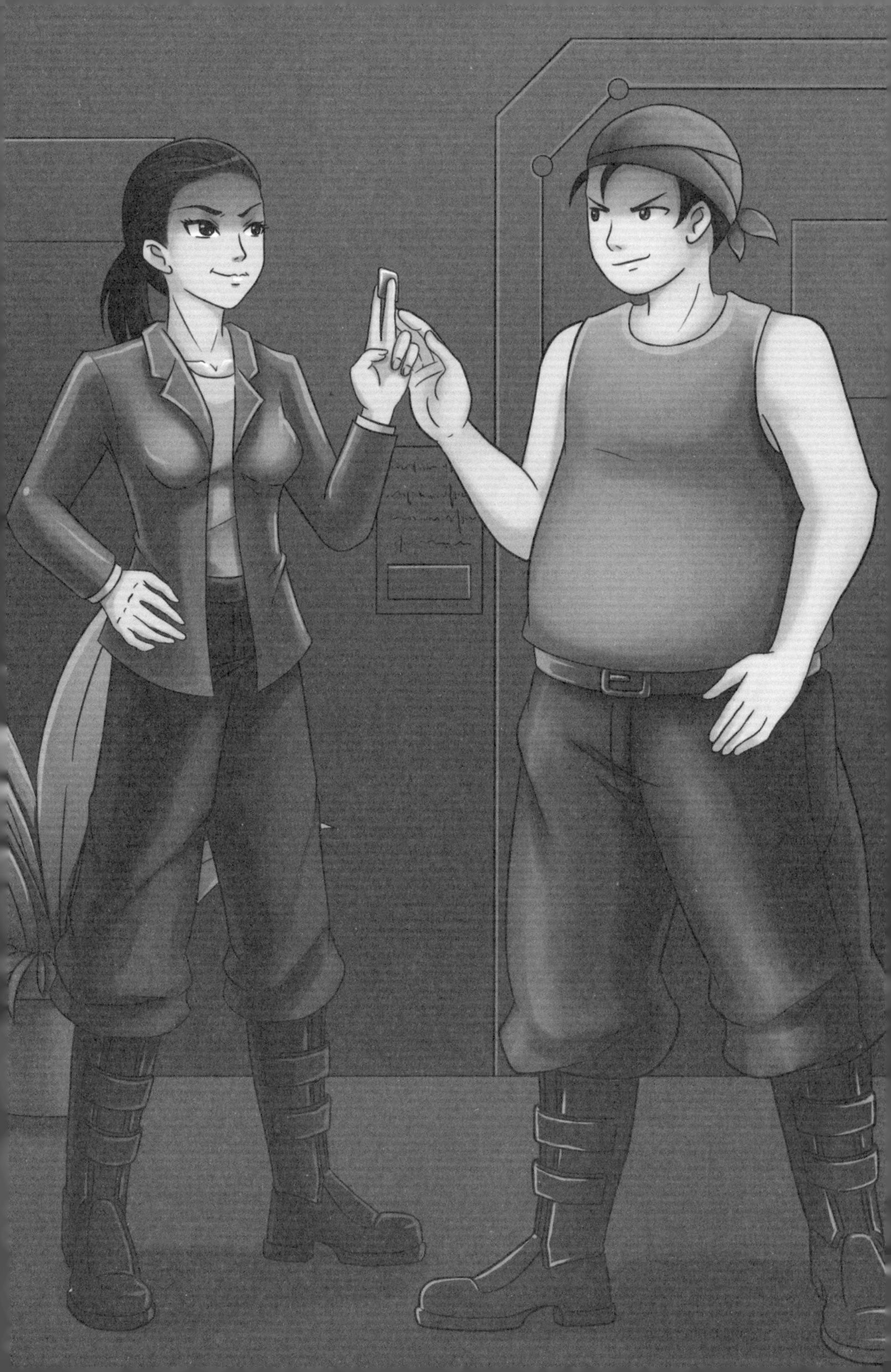

採集人臉信息並將其輸入芯片對朗德教授來說已是輕車熟路。兩天後，他按照豺狼組織的要求，將寫入人臉信息的芯片裝進一個小袋子中，然後放到了公園中的垃圾桶裏。

又過了三天，這五枚芯片通過層層轉運到達了刺梅的手中。看着芯片，刺梅的臉上綻放出勝利者的笑容。

「蟈蟈，快把這幾枚芯片中的人臉信息讀取出來驗證一下，千萬不要讓朗德那個老狐狸把我們耍了。」刺梅說。

「是！」蟈蟈接過芯片，轉身離開。

採集人臉信息並將其輸入芯片是非常難的事情，而將芯片中的人臉信息讀取出來則相對容易。所以，豺狼組織內部的一些邪惡科學家是掌握這一技術的。

蟈蟈將芯片交給幾個邪惡的科學家。他們利用信息讀取設備開始讀取信息，但是蟈蟈看到的並不是一張張清晰的臉，而是一串串數字和符號代碼。他看不懂這些代碼，但那幾個邪惡的科學家卻可以看懂。

「沒錯，這些人臉信息是戰鷹小隊的。」經過細心比對之後，其中一位邪惡的科學家說。

「哈哈哈！」蟈蟈欣喜若狂，「快把芯片植入機械蜂體內，我已經迫不及待了。」

蟈蟈萬萬沒想到的是，邪惡的科學家讀出了人臉信息，卻沒有讀出更隱蔽的另一種信息。這種隱藏在深層的代碼將協助戰鷹小隊直搗豺狼組織的狼窩。

國防小講堂

將計就計

危急時刻，戰鷹小隊的夏小米想出了將計就計的辦法。所謂將計就計，就是利用對方所用的計策，反過來對付對方。

豺狼組織脅迫朗德教授在芯片中寫入戰鷹小隊的人臉信息，然後通過機械殺人蜂刺殺戰鷹小隊。這便是他們的計謀。夏小米的將計就計就是利用敵人的這個計謀，反過來對付他們。

經過夏小米分析，敵人計謀的關鍵要素包括朗德教授、愛麗絲、寫入人臉信息的芯片以及機械蜂。信息提示到這裏，你能想到夏小米將如何將計就計嗎？

蟈蟈將芯片讀出人臉信息一事向刺梅報告。刺梅滿意地點點頭，說：「看來朗德那個老傢伙還是看重自己的女兒啊！從今以後，只要他的女兒被我們控制，他就不敢不聽我們的命令。」

刺梅叮囑蟈蟈一定要看好愛麗絲，既不能讓她逃跑，也不能虐待她。蟈蟈按照刺梅的命令又去叮囑下屬們。

在飛行大隊的軍營，戰鷹小隊已經做好了充足的準備。田苗苗作為一個普通人，一個報刊記者，感覺到肩上的擔子很重。她要瞞住所有的同事，包括自己的上級，一旦走漏風聲就會前功盡棄。

關悅更是忙碌不堪。她剛剛收到朗德教授寄來的神秘設

備，正在進行組裝調試。朗德教授叮囑戰鷹小隊這些天不管走到哪裏，都要攜帶這台設備，並且他們必須在距離這台設備五十米範圍內活動。

剛開始的幾天，戰鷹小隊的隊員們還能遵守這個規定，但是，四五天過去了，他們並沒有見到機械蜂的影子，有些人便沉不住氣了。特別是歐陽山峰，他抬頭望着被微風吹動的黃色樹葉，焦躁地說：「我們就像站在孫悟空的金箍棒畫的圓圈裏的唐僧，總擔心走出這個圓圈就會被妖怪吃掉。可是，妖怪到底在哪裏啊？我們總不能一直待在圓圈裏吧？」

「再忍一忍吧！」夏小米說，「不如像我這樣捧起一本書來讀。這樣就不會覺得枯燥難熬了。」

「是啊，你太浮躁了。」帥克也說，「你看看我，自從受夏小米的影響，愛上閱讀以後，整個人變得平靜如水，氣質都不一樣了。」

「哼！」歐陽山峰一聲冷笑，看着同樣捧着一本書的帥克說，「你的氣質果然與以前不同，看上去越來越像小學生了，因為你整天捧着注音讀物津津有味地閱讀。」

「注音讀物怎麼了？做甚麼事情不都要從易到難嗎？再說了，有注音遇到不認識的字就不用查字典了。」帥克不以為然。

「看注音讀物倒也沒甚麼，可是你把書拿倒了難道自己沒發現嗎？」一旁的關悅笑着說。

帥克一臉尷尬，趕緊把書正過來，其實他根本沒看書，只是拿着一本書在裝樣子而已。他的內心比歐陽山峰還煩躁呢，不過在假裝平靜。

楊大龍倒是一如既往地平靜如水，依舊在擦他那支狙擊槍。雖然帥克和歐陽山峰在鬥嘴，但楊大龍的耳朵裏根本沒有他們的聲音。若是他不關注的事情，你就是貼着他的耳朵喊，他也會不動聲色。

突然，楊大龍正在擦槍的手停住了。緊接着，他開始仔細地聆聽附近的聲音。

「噓——安靜！」楊大龍說，「我聽到了機械蜂振翅飛行的聲音。」

瞬間，戰鷹小隊的隊員們緊張起來。機械蜂的芯片中可是輸入了他們的人臉信息啊，也不知道所謂的干擾設備能否生效，如果它沒有作用，那麼戰鷹小隊很快就會遭到機械蜂的攻擊。

關悅立即調大干擾設備的功率，微弱的電磁波隨即被它監測出來。關悅不由得讚歎道：「大龍，你的耳朵比電子設備還靈呢！」

楊大龍並未做出任何回應，繼續搜索着熟悉的聲音。當了這麼多年的戰友，關悅最了解楊大龍，所以對他的不理不睬並不介意。她全神貫注地觀察着干擾儀，發現電磁波越來越強烈。

「機械蜂已經靠近了。」

楊大龍和關悅同時說出了這句話，看來耳朵與機器的監測結果是一致的。

戰鷹小隊的隊員們更緊張了。帥克嚥了一口唾沫，眼睛瞪得溜圓，但卻沒看到機械蜂的蹤影。歐陽山峰的拳頭握得緊緊的，但那又有甚麼用呢？機械蜂攻擊的速度之快，是令人防不勝防的。

嗡嗡聲越來越大，越來越近，所有人的神經都繃得像拉滿的弓弦，只要輕輕一割就會斷掉。

「關悅，你可要及時出手啊！不然我們都會一命嗚呼。」帥克的語氣中充滿了難以掩飾的緊張，或者說是恐懼。

「放心吧，我不會讓悲劇發生的。」關悅的一隻手輕輕地放在儀器的一個按鈕上，眼睛始終盯着屏幕上顯示的電磁波。

嗡嗡嗡——

機械蜂翅膀振動的聲音令人心驚膽戰。夏小米已經看到了兩隻正迎面朝她飛來的機械蜂。下意識地，她用雙手捂住了臉。

歐陽山峰聽到自己的頭頂上響起嗡嗡聲，但是他不敢仰頭去看，於是對帥克說：「你幫我看看機械蜂是不是在我的頭頂上。」

帥克朝歐陽山峰的頭頂看去，果然看到兩隻機械蜂就貼

着歐陽山峰的頭皮盤旋，還把歐陽山峰的那幾根白髮搧得東倒西歪。

「帥克，機械蜂就在你的脖頸後。」歐陽山峰突然喊道。

帥克嚇得一激靈，差點伸出手去拍。他暗暗地告訴自己要相信關悅，也只有這樣暗示自己才能做到不慌不亂。

楊大龍微微地閉着眼睛，氣息均勻，身體放鬆，雙手握着狙擊槍，但未用力，就像機械蜂根本不存在一樣。

「大家不要動，我已經對機械蜂進行了電磁干擾，所以它們正處於迷茫狀態。」關悅一邊說，一邊操作干擾設備加大電磁脈衝的釋放量。

突然，歐陽山峰感覺有甚麼東西掉到了自己的頭上，而頭頂的嗡嗡聲也消失了。他用手一摸，原來是機械蜂失去動力，落到了頭頂。

其他幾隻機械蜂也紛紛落下，安靜地躺在地上一動不動。隊員們懸着的心終於放了下來，將機械蜂撿起。楊大龍微閉的眼睛終於睜開了，看着手中無比精緻的小玩意兒不由得讚歎道：「真的是科技改變戰爭的方式啊！」

「別感歎了，快把機械蜂都交給我。」關悅伸出手，「我要取出機械蜂的芯片，讀取豺狼組織基地的位置信息。」

其他人把機械蜂放到關悅的手中。關悅握着機械蜂衝向自己的專屬研究室。看着關悅急匆匆的背影，夏小米說：「接下來就要看田苗苗的了。」

國防小講堂

技術決定戰術

楊大龍看着手中的機械蜂，暗自感歎技術的變革改變了作戰的方式。他的感歎不無道理，從戰爭歷史的發展來看，每一次軍事技術的變革都會促進作戰方式的改變。於是，在軍事領域中便有了「技術決定戰術」這句話。

在冷兵器時代，作戰需要短兵相接，從而催生了很多陣法。隨着火藥的誕生以及槍械的出現，交戰雙方拉開了距離，又催生了與之相適應的戰術。槍炮、坦克、飛機應用於戰爭，「閃擊戰」出現了。如今，遠程精確制導武器成為戰場的主角，「非對稱作戰」「點穴作戰」等戰法應運而生。未來，隨着人工智能技術在戰爭中的運用，必然會催生另外一種全新的作戰方式。

田苗苗早就在緊急待命了，甚至提前就把新聞稿寫好了。她接到夏小米的電話後，立即驅車趕往飛行大隊的營區。戰鷹小隊的計劃早已得到了上級的批准，所以哨兵見到田苗苗的新聞採訪車後立即放行。

田苗苗將車停在戰鷹小隊的營房前，拿起相機衝到營房前的大榕樹下。夏小米早就在焦急地等着她了。「都準備好了嗎？」一見面夏小米就問。

「嗯！」田苗苗點點頭，「都準備好了。」

「一定要嚴格保密，不能讓除你之外的任何人知道，包括你們報社的主編，還有你最親密的家人和朋友。」夏小米再次叮囑。

「放心吧，我已經做好了被辭退的準備，絕不會走漏半點風聲的。」田苗苗說。

「快點開始吧！」帥克不耐煩地喊，「我裝死裝得都快變成真的死人了。」

「好，我馬上開始拍攝。」說着，田苗苗端起相機先給戰鷹小隊的所有人拍了一張「集體照」。

戰鷹小隊的隊員或躺，或坐，或垂頭，或歪着腦袋，有的還吐着舌頭，總之都是一副死去的狀態。拍完集體照後，田苗苗又給每個人拍了一張特寫。帥克坐在石凳上，頭向後仰着，兩臂鬆弛地下垂；關悅趴在地上側着頭，吐出舌尖；楊大龍靠着樹低垂着頭；歐陽山峰仰面朝天倒在地上，瞪着牛眼，一副死不瞑目的樣子。

「你的狀態不對。」田苗苗在給夏小米拍特寫的時候說，「你現在的樣子不像是死了，而是像睡着了。」

「死和睡着有區別嗎？」夏小米問。

「當然有，作為記者我拍過不少死人。」田苗苗說，「死去的樣子是令人驚恐的，不想再看第二眼的。然而，睡着的樣子卻是甜美的。」

「你的意思是說我像個睡美人？」夏小米問。

「少臭美！」田苗苗端着相機，「我的意思是說你的樣子太做作了。」

無奈之下，夏小米只好調整自己的狀態，但無論怎麼調

整田苗苗都不滿意。最後，田苗苗只好妥協，搖着頭說：「你是本年度演技最差的演員，我給你打負分。」

沒時間耽擱了，田苗苗拍完照片後準備離開。夏小米又一次叮囑她要嚴格保密，同時要按照計劃一步步地去落實行動，並且不能擅作主張。

「演技不行，囉唆起來倒是沒完沒了。」說完，田苗苗駕駛新聞採訪車離開了。

「我演技差嗎？我囉唆嗎？」看着新聞採訪車向營區外駛去，夏小米問身邊的戰友。

「演技的確不怎麼樣。」歐陽山峰說。

「囉唆起來就像叫個不停的鴨子，嘎嘎嘎——」帥克說。

夏小米氣壞了，別人她不敢惹，但欺負帥克卻是強項。她一把揪住帥克的耳朵，問：「誰像叫個不停的鴨子，誰？」

帥克疼得直叫，趕緊求饒：「我，我像叫個不停的鴨子，嘎嘎嘎——」

「這還差不多。」夏小米鬆開手，氣也消了。

關悅搖着頭說：「夏小米，不要因為帥克總讓着你，你就一直欺負他。」

夏小米不說話了，因為她心裏明白帥克的確總讓着自己。

「全體注意，做好隨時出動的準備。」楊大龍突然命令道。

「是！」隊員們回到營房內準備各自的作戰物資。

媒體的報道很快便鋪天蓋地而來。當然，第一篇報道出現在田苗苗任職的報紙上，標題為《震驚，機械蜂暗殺戰鷹小隊》。在報道中，田苗苗寫到一種與真實蜜蜂大小差不多的機械蜂突然出現在軍營中，對戰鷹小隊發起了攻擊，並將他們全部殺害。文中還配上了戰鷹小隊死亡現場的照片。

軍方對這一報道不置可否，也就相當於默認了這一報道的真實性。於是，各大媒體，尤其是自媒體開始瘋狂轉載，而且越傳越離譜。

戰鷹小隊自然也看到了這些霸佔各大媒體頭條的報道。他們暗暗高興，都在想出動的時機已經成熟。不過，也有一個人不太滿意，那就是夏小米。

「為甚麼報道中有你們的特寫，唯獨沒有我的？」夏小米翻閱了很多報道後生氣地說。

「因為你的演技差啊！」帥克說，「如果把你的特寫放上去，敵人會懷疑的。」

夏小米又想擰帥克的耳朵，但這次忍住了。「我猜一定是田苗苗嫉妒我長得太美了，怕我一旦登上頭條就會成為萬眾的偶像。」夏小米自我解嘲。

看到報道的不僅有戰鷹小隊和普通民眾，豺狼組織的恐怖分子也看到了。當蟈蟈把報道呈現在刺梅面前時，刺梅並沒有盲目地高興，而是認真地閱讀報道並仔細觀察每一張

照片。

經過一番研究，刺梅並未發現破綻，這才淡淡地說：「總算報了一箭之仇。不過，我們的復仇計劃才剛剛開始，大規模的刺殺行動馬上展開。」

刺殺戰鷹小隊的行動取得成功，刺梅對朗德教授的信任度大大增加。刺梅想，愛麗絲是朗德的心頭肉，為了女兒朗德會對自己唯命是從。刺梅認為自己這步棋走得相當高明，令朗德教授無法破解。

「立即將第二批需要輸入的人臉信息發給朗德。」刺梅命令蟈蟈。

「是！」蟈蟈轉身去落實刺梅的命令。

朗德教授在收到豺狼組織發來的文件後，按照戰鷹小隊的要求按部就班地採取相應的行動。當然，他也看到了戰鷹小隊被刺殺的消息，不過他卻是那個最清醒的人，因為芯片中到底輸入了甚麼信息只有他才知道。

時機已經成熟，戰鷹小隊也已準備就緒。暗夜中，他們出動了。

國防小講堂

瞞天過海

戰鷹小隊馬上就要去營救朗德教授的女兒了。現在，你肯定會好奇戰鷹小隊是如何找到豺狼組織的基地的，告訴你吧，戰鷹小隊使用了瞞天過海之計（後面的故事中你就會知曉了）。

瞞天過海是「三十六計」中的一計，字面意思為瞞住上天，偷渡大海，比喻用謊言和偽裝向別人隱瞞自己的真實意圖，在背地裏偷偷地行動。有關瞞天過海的戰例有很多，如隋朝時期，隋將賀若弼多次大張旗鼓地進行換防，以麻痺敵軍，最後在敵軍毫無戒備的情況下，指揮大軍偷襲並攻克了陳國的南徐州。

夜幕降臨，一架運輸直升機停在停機坪上。戰鷹小隊的隊員們身背單兵作戰裝備，依次進入機艙。飛行一大隊的大隊長楊雲天則坐在駕駛室裏。他要親自駕機將戰鷹小隊運送到目標區的上空。

起飛前，楊雲天轉過頭問戰鷹小隊：「緊不緊張？」

「我們是開戰鬥機的，難道坐直升機還會緊張？」歐陽山峰一開口就像炸裂的爆竹。

「你的理解能力有問題吧？」帥克說，「楊隊長是問我們去執行這項無比艱巨而又危險重重的任務是否緊張！」

歐陽山峰露出尷尬的表情，心想自己的理解能力好像是有點問題啊！不過，他馬上說：「不管是坐直升機，還是去

執行這項任務，我都不緊張。」

楊雲天轉回頭暗暗地笑，心想戰鷹小隊在某些方面永遠是長不大的孩子。「坐好了，馬上起飛！」他大聲說。

隨後，運輸直升機的旋翼快速轉動起來，將碩大的機體硬生生地拔起，並快速地向空中爬升。戰鷹小隊的成員面對面坐在機艙中。為了隱蔽飛行，機艙內的燈是關閉的，他們相互之間看不到對方的臉。但是，他們都能揣測到其他人此刻的心情。

豺狼組織就像生長在和平軀體上的毒瘤，戰鷹小隊就是劏除這顆毒瘤的外科醫生。他們早就期盼着這場劏除毒瘤的戰鬥了，哪怕付出血的代價。

戰鷹小隊是如何鎖定豺狼組織基地的呢？這還要從那些機械蜂說起。豺狼組織要求朗德教授將戰鷹小隊的人臉信息輸入到機械蜂的芯片中，而朗德教授不忍心這樣做，便與戰鷹小隊商議該如何應對。夏小米想出了將計就計之策，也就是利用這些芯片來鎖定豺狼組織的基地。

朗德教授按照戰鷹小隊的叮囑，將戰鷹小隊的人臉信息真實地寫入到芯片中，目的是不引起豺狼組織的懷疑。但是，有一種「木馬」也被神不知鬼不覺地寫入了芯片，而這種木馬的研發者就是關悅。木馬程式是通過電子郵件發送給朗德教授的，而朗德教授並不知道它的存在。也就是說，這一行動完全是在祕密中進行的。

豺狼組織中計，通過無人機將機械蜂投放到軍營上空。豺狼組織的無人機出現在軍營上空前，空軍的雷達便早已探測到它，但卻並未對它採取任何措施。機械蜂被順利投放到軍營中，戰鷹小隊通過干擾設備將其俘獲，並取出芯片讀出了豺狼組織基地的位置信息。

夏小米的將計就計可謂高明，但卻需要強大的技術支撐。所以，這實際上是一場古典計謀掩飾下的科技戰。

漸入深秋，夜空更加深邃悠遠，一輪半彎的明月掛在空中，皎潔的月光灑在機身上，也灑在茫茫的大地上。直升機就像一隻獨自飛翔在夜空中的南歸燕，不用導航便能準確地飛到它想要去的地方。

靜寂的夜空中，戰鷹小隊的耳邊只有直升機的轟鳴聲，但他們每個人的心裏卻有不同的聲音。楊大龍的狙擊槍靠在左肩上，好像在對它的主人說這一次絕不會放過刺梅；關悅正在想，豺狼組織肯定會再次對空軍部隊的營區發起襲擊，而這次投放的機械蜂會更多；帥克想，這次我一定會大展身手，讓夏小米不敢再小看我；夏小米則暗暗告訴自己，執行任務的時候一定要遠離帥克，因為他總是為了表現自己做出意想不到的事情；歐陽山峰則在想，救出愛麗絲是最重要的事情。

直升機緩緩地向地面降落，最終懸停在距離地面一樹之高的高度。下面是茂密的叢林，它不能再下降了。艙門打

開，一根繩索拋向地面，戰鷹小隊的隊員抓住繩索依次滑落到地面。

隊員們稍稍整理裝備，並通過定位設備規劃好行軍路線後便出發了。沒走多遠，他們的衣服就被草木上的露水打濕了。

「秋風蕭瑟天氣涼，草木搖落露為霜。」夏小米隨口吟誦。

「蝦米，別總開口唐詩，閉口宋詞，我們聽不懂。」帥克靠近夏小米說。

「聽不懂就去多讀書，我不會為了讓你聽懂而掩蓋自己的才華。」夏小米高傲地說。

「帥克，夏小米這句話夠絕的，既貶低了你又抬高了自己。」歐陽山峰說。

「我倒是覺得蝦米所說屬實。」帥克說，「她的確腹有詩書，而我的肚子裏只有半消化的飯菜。」

「你為了拍夏小米的馬屁，也不用如此貶低自己吧？」歐陽山峰鄙視地說。

「我不是拍馬屁。」帥克強調，「我說的是實話。」

「不管是實話還是假話，現在你們要做的是別說話。」楊大龍嚴肅地說。

帥克低聲嘟囔了一句：「不是距離豺狼組織的基地還有一段距離嗎？不用那麼謹慎！」

沒有人再說話了，只是在黑暗的叢林中警覺地向目的地走去。這注定是一個不同尋常的夜晚，不僅戰鷹小隊正在採取祕密行動，就連豺狼組織也在密謀着一場邪惡的襲擊計劃。

豺狼組織基地，蟈蟈興奮地對刺梅說：「朗德已經把第二批寫好數據的芯片寄來了。」

「朗德倒是越來越識時務了。」刺梅說。

「本來他也是磨磨蹭蹭的，但我告訴他要是再敢拖延，我就殺了他的女兒。」蟈蟈得意地說，「這招最管用。」

刺梅對蟈蟈一番讚賞之後，告訴他立即去執行他們早已計劃好的襲擊方案。事不宜遲，蟈蟈連夜去落實刺梅的指示了。

芯片被植入機械蜂的體內，程式被邪惡的科學家啟動，現在它們已經變成了微型的殺人機器。不過，這些機械蜂的續航能力有限，要想飛到空軍部隊的上空還需要另一種神祕的裝備對它們進行遠程投送。

這種神祕的裝備便是那種具備高速、高空飛行性能的無人機。這種無人機航時較長，能升入三萬米的高空，更能以三馬赫的速度飛行，就連導彈都對它無可奈何。此刻，它擔負着投放機械蜂的任務又要出動了。

國防小講堂

航時

俗話說：壞人不可怕，就怕壞人有文化。蟈蟈就是一個有知識、有文化的壞人，尤其對無人機技術有着深入的研究。

蟈蟈和一些邪惡的科學家共同研製了一種長航時的高空高速無人機。航時是衡量飛機飛行性能的重要指標。所謂航時，就是指飛機耗盡其可用燃料所能持續飛行的時間。同一種飛機，在可用燃料一定時，航時與發動機工作狀態、飛行高度、飛行速度等參數有關。航時對於飛機來說有何意義呢？簡單地說，航時越長，飛機可在空中巡邏和作戰的時間也就越長，減少了空中加油和往返的次數。

零點整，戰鷹小隊停止了前進。楊大龍看着手中的定位設備，低聲說：「豺狼組織的基地就在附近了。」

「附近，我怎麼沒看到？」帥克說，然後他從背包裏取出紅外偵察設備，開始認真地觀察。黑夜掩蓋了太多白天能夠看到的東西，而紅外夜視儀則可以讓這些東西從黑夜中凸顯出來。

「真的是別有洞天。」帥克一邊觀察，一邊不由得讚歎。

「你都看到甚麼了？」關悅問。

帥克從紅外夜視儀旁移開，讓關悅自己看。關悅的眼睛貼近夜視儀，差點驚訝地叫出聲來。在夜視儀中，關悅看到無人踏入的原始叢林中竟然零散地分佈着幾棟低矮的建築。

雖然從外面看不到光，但從紅外夜視儀中卻可以判斷出，這幾棟房子裏應該是有燈火的，因為它們的圖像特徵尤為明顯。最關鍵的是，關悅看到了人，而且不止一個。她默默地將這幾個人的位置記在了心裏。

「確定無疑，這裏就是豺狼組織的基地。」關悅說。

「那還等甚麼？」歐陽山峰就像一個被點燃的鞭炮，馬上就要衝出去。

楊大龍一把拽住歐陽山峰，質問道：「我們的任務是甚麼？」

歐陽山峰遲疑了片刻，回答：「營救愛麗絲。」

「虧你還記得。」楊大龍說，「所有人都聽好了，我們的主要目的不是打擊豺狼組織，而是營救愛麗絲。所以，在救出愛麗絲之前，我不想聽到槍聲。」

黑暗中，歐陽山峰斜視楊大龍，心想：難道我們的槍是根木棍子嗎？

在出發前，楊大龍已經詳細地向所有人介紹了這次行動的方案。戰鷹小隊的主要任務是：第一，通過抵近偵察確定豺狼組織基地的準確位置，並將坐標發送給後方部隊；第二，尋找愛麗絲並將其救出；第三，將愛麗絲救出後，向後方部隊發送救援信號。後方部隊派出直升機接應他們，同時派出大規模空中和地面力量，對豺狼組織進行清剿。

「我再強調一遍，營救愛麗絲和為後方部隊提供精準定位才是我們的任務。」楊大龍說。

其他人點頭。他們必須服從命令，因為這是鐵的紀律。但是，歐陽山峰卻還有自己的想法，那就是親手抓住或擊斃刺梅。

現在最重要的事情是找到愛麗絲被關押的地點。當然，最快的辦法就是抓到一個豺狼組織的成員，逼他說出愛麗絲被關在甚麼地方。但是，這並不是唯一的辦法。

突然，其中一棟房子中投射出一束並不算明亮的光，但在漆黑的叢林中卻格外搶眼。很明顯，這棟房子的門被推開了。戰鷹小隊的隊員們目不轉睛地盯着那棟房子，希望能有所發現。

一個人還沒走出來，肚子便提前露出來了，可見他的肚腩有多大。這個人走出來後，在昏暗的光線下，身形一覽無餘。歐陽山峰一眼便認出了這個人，低聲說：「是那個大肚子蟈蟈，就是他在電影院差點和帥克打起來，也是他發動恐怖襲擊的。」

戰鷹小隊的隊員們都看到了田苗苗拍攝的照片，也在電影院的監控畫面中看到過蟈蟈的真容。在這裏，他們能見到蟈蟈，便更加確定這裏就是豺狼組織的基地了。

房門關上，光線消失。但是，很快又有一束光線亮起，很明顯是蟈蟈打開了手電筒。這束光線緩緩地向前移動，不知道蟈蟈要到哪裏去。

「關悅，你跟我去跟蹤這個人。」楊大龍說，「其他人在這裏待命。」

「是！」關悅應答。

歐陽山峰有些不高興，心想每次自己都是坐冷板凳的那個。不過，他並沒有提出反對意見，因為他清楚此時最重要的是相互之間的配合，而不是爭搶任務。

楊大龍和關悅離開了。關悅早就記清了那幾個哨兵的位置，所以他們很隱蔽地繞過了哨兵，悄悄地跟在移動的光線後面。

本來，蟈蟈安排完刺梅交給自己的任務正準備睡覺，負責看守愛麗絲的恐怖分子突然通過對講機呼叫他。聽完手下的報告，蟈蟈不耐煩地罵了一句，披上衣服朝關押愛麗絲的山洞走去。

沿着叢林中被踏出的小徑，蟈蟈走到山洞旁。站在洞口的兩個哨兵通過蟈蟈獨一無二的身形，老遠就認出了他。

「這麼晚了還把我喊來，到底甚麼事情啊？」一見面蟈蟈就生氣地問。

「那個小女孩今天一直哭，晚飯也不肯吃。剛剛我摸了一下她的額頭，發現她發燒了，而且是高燒。」其中一個人說。

「發高燒？」蟈蟈重複道。

「是啊，燒得很厲害，蜷縮成一團，一動不動了。」另外一個人說。

蟈蟈嚇壞了，因為只有愛麗絲活着，他們才能用她來威脅朗德教授。朗德教授可不是那麼好騙的，每次在為刺梅做事之前，他都要求與女兒通話，甚至要看女兒的影片。

「走，跟我去看看。」蟈蟈對其中一個恐怖分子說。然後，兩個人一起急匆匆地向山洞裏走去。

隱蔽在洞口附近的楊大龍和關悅看到蟈蟈走進了山洞。剛才，他們隱隱約約地聽到了恐怖分子的對話，基本能夠確定愛麗絲就被關在這裏。

楊大龍難掩內心的激動，心想只要救出愛麗絲他們就可以發起清剿豺狼組織的戰鬥了。他沒說話，只是輕輕地碰了一下關悅的胳膊，關悅便心領神會了。

關悅悄悄地朝敵人的身後靠攏，而楊大龍卻按兵不動。不知道是有意還是無意，關悅弄出了並不明顯但又能夠被聽到的聲音。洞口的敵人轉過身，警覺地朝聲音響起的方向望去。但是，在昏暗的光線下他甚麼也看不到。於是，他打開手電筒朝聲音響起的方向照去，而此時聲音卻消失了。

突然，一股涼風從背後襲來，敵人似乎意識到了甚麼，但是，他還沒有回過頭就被一記重拳打暈了。被打暈的敵人並沒有倒在地上，而是被關悅攔腰抱住了。楊大龍和關悅兩個人將敵人的嘴堵好並捆住手腳，然後丟到了附近的草叢中。接下來，他們要做的是制伏那個大肚子蟈蟈和另一個敵人，以最快的速度救出愛麗絲。

國防小講堂

紅外夜視儀

夜晚，在密林中關悅用紅外夜視儀觀察到了豺狼組織的基地。所謂紅外夜視儀，就是利用光電轉換技術的軍用夜視儀器，可以幫助人們在夜間進行觀察、搜索、瞄準和駕駛車輛等。

紅外夜視儀分為主動式和被動式兩種。主動式紅外夜視儀需要用紅外探照燈照射目標，然後接收反射的紅外輻射從而形成圖像；被動式紅外夜視儀不發射紅外線，依靠目標自身的紅外輻射形成「熱圖像」，故又稱為「熱像儀」。主動式的成像更清晰，而被動式的則更隱蔽。

山洞的角落裏，地面上鋪着發霉的被褥，愛麗絲蜷縮在上面。她感到冷，那種蓋多少被子仍無法感覺到温暖的冷。

蠅蠅和另外一個恐怖分子站在愛麗絲的身邊，看着瑟瑟發抖的愛麗絲。蠅蠅剛剛已經摸過愛麗絲的額頭了，意識到問題很嚴重。

蠅蠅說：「也許是山洞裏過於陰暗潮濕的原因，先把她背到我的房子裏去，然後把麗薩醫生喊過來給她看病。」

麗薩是豺狼組織的一位醫生，就住在刺梅隔壁的房間裏。聽到蠅蠅的命令，站在他身邊的恐怖分子將愛麗絲背在背上，和蠅蠅一前一後向洞外走去。

楊大龍和關悅正在悄悄地往山洞裏走，突然看到手電

筒發出的光晃動着向外移動過來，同時還聽到腳步聲和交談聲。

兩個人趕緊貼在洞壁上，屏住呼吸等待着敵人出現。很快，楊大龍看到了一個拿着手電筒的大肚子男人，以及一個背着小女孩的恐怖分子。他早已和關悅做好分工，要等兩個人都走過去才動手。

蟈蟈今晚吃得特別多，所以肚子顯得更加圓滾滾的，而他的兩條腿又細又短，走起路來左右晃動，就像一隻被鞭子抽動的陀螺。

「愛麗絲生病的事情不要告訴刺梅，否則她會懲罰我的。」蟈蟈對背着愛麗絲的恐怖分子說。

「我知道了。」那個恐怖分子說，「可是麗薩醫生就住在刺梅的隔壁啊，也許她會告訴刺梅的。」

「我會叮囑麗薩醫生的。」蟈蟈說。

說話間，蟈蟈左搖右晃地從楊大龍和關悅的身邊走了過去。緊接着，那個背着愛麗絲的恐怖分子也走了過去。突然，關悅從背後一把抱住愛麗絲，將其從恐怖分子的背上拉到自己的懷中。

「是誰？」恐怖分子大喊一聲。但是，他還沒有轉過身，就感覺到要害遭到了重重的一擊。然後，他兩腿一軟向地面癱去。

蟈蟈轉身揮舞着手電筒向後照去，可他根本沒有帶槍，所以連還擊的能力都沒有。蟈蟈的手電筒照到的是一個身材魁梧，正用狙擊槍指着他的中國軍人。此時，槍口距離蟈蟈的胸膛不足十厘米，瞬間令他魂不附體。

啪！

手電筒掉在地上，蟈蟈把雙手舉過頭頂，聲音顫抖地說：「投降，我投降，千萬別開槍。」

楊大龍一聲冷笑，將蟈蟈捆綁起來。手電筒雖然掉在了地上，但蟈蟈仍看清了楊大龍和關悅的臉。

「你們兩個不是戰鷹小隊的楊大龍和關悅嗎？」蟈蟈吃驚地問。

雖然蟈蟈沒有見過戰鷹小隊的隊員，但是研究過他們的照片和影片。所以，他一眼便認出了楊大龍和關悅。

「好眼力啊！就是我們。」關悅說。

「怎麼可能！」蟈蟈瞪大眼睛，「你們不是已經被機械蜂刺殺了嗎？媒體報道鋪天蓋地，不會錯的。」

「哼哼！」楊大龍發出一聲冷笑，「眼見未必為實，何況你並未親眼見到呢！」

蟈蟈的腦袋嗡嗡直響，心想原來己方看似完美無缺的恐怖襲擊計劃早就被戰鷹小隊識破了。

關悅和楊大龍將蟈蟈和那個被打暈的恐怖分子捆好後，向山洞外跑去，並向隊友們發出通報。

「白頭翁注意，我們已經救出愛麗絲。你們嚴密監視豺

狼組織，大部隊很快就會趕到。」楊大龍通過電台說。

「翼龍，這真是一個好消息。」歐陽山峰興奮地說，「我們保證這次不會讓刺梅逃走的。」

「大部隊到來之前，千萬不要打草驚蛇。」楊大龍叮囑道。

歐陽山峰回應：「放心吧，我們會沉住氣的。」

楊大龍和關悅並未趕去與隊友會合，而是抱着愛麗絲向隱蔽的地方跑去。他們要保證救援直升機趕到之前不被豺狼組織發現，這樣才能確保愛麗絲被安全地救出。

最終，他們停在林間的一個隱蔽處，然後向楊雲天發送出定位信息。楊雲天在執行完投送戰鷹小隊的任務後並沒有返回空軍營地，而是在投送點附近找到了一個降落點，耐心地等待着戰鷹小隊發來定位信息。

在收到定位信息後，楊雲天立即駕駛直升機起飛。駕機飛行的過程中，楊雲天暗自感歎，心想戰鷹小隊不愧是從全軍選拔出來的特戰精英，完成任務的速度比他預期的要快得多。

楊大龍和關悅遠遠地便看到夜空中閃爍的紅色光點，還聽到了轟鳴聲。待直升機即將飛臨頭頂時，楊大龍打開手電筒照向天空，來為楊雲天提供精準的懸停位置。

楊雲天駕駛直升機懸停在樹梢。隨後，一條懸梯從艙門拋下。愛麗絲已經被楊大龍用繩索固定在關悅的身後。關悅雙手抓住懸梯，背着愛麗絲向機艙中爬去。爬到中途，關悅回頭發現楊大龍已經不見了。

關悅負責護送愛麗絲，而楊大龍則趕往豺狼組織的基地與戰友們並肩作戰。

雖然直升機懸停的位置距離豺狼組織的基地有一段距離，但聲音早就傳到了豺狼組織的基地。刺梅為人謹慎，從牀上翻身坐起，披上衣服便衝出了房門。循聲望去，她看到了一個閃爍的光點漸漸飄遠。雖然林間依舊靜如往常，但刺梅卻感覺到了不同尋常的緊張氣氛。她回到屋內，通過無線電呼叫蟈蟈，卻始終無人應答。

刺梅更緊張了，再次衝出屋子，只不過此時已是全副武裝。她用力吹響了緊急集合的哨子，隨後一間間房門被推開，手持武器的恐怖分子陸續向林間的一塊空地跑去。

這一切都被隱藏在暗處的歐陽山峰、帥克和夏小米看到了。此時，他們已經初步判斷出誰是刺梅了。

國防小講堂

敵後營救

楊雲天剛剛駕駛直升機接應戰鷹小隊，救回了被恐怖分子挾持的愛麗絲。敵後營救是一種危險極高的作戰行動，常常以特種精英小隊祕密潛入的方式來進行。當然，敵後營救不僅僅是深入敵後的小分隊的任務，還需要前方和後方不同作戰力量的相互配合。

只有前後方密切配合，才能使營救行動更加順利地完成。比如，為了配合前方的營救行動，後方部隊可以採取聲東擊西等策略吸引敵人的注意力。又如，前方小分隊救出被困人員後，後方部隊要在最短的時間內對其進行接應，從而使其高效地撤離敵佔區。

楊雲天駕駛直升機載着關悅和愛麗絲往回飛，中途遇到了正在飛往豺狼組織基地上空的十幾架直升機，上面搭載着大量的特戰精兵。

「看來圍剿豺狼組織的戰鬥很快就要打響了。」楊雲天對關悅說。

關悅遺憾地說:「可惜我不能參加清剿豺狼組織的戰鬥。」她摸了摸愛麗絲的頭，感覺她的體溫好像下降了一些，心裏這才稍稍地踏實了點。

其實，就在楊雲天去接應楊大龍和關悅的時候，空軍部隊正在經歷一場緊張的戰鬥。那架高空高速無人機再次出現，由於提前做好了防範工作，雷達部隊在它起飛後不久就

探測到了它。

這架無人機擔負着拋撒機械蜂的任務，而每一隻機械蜂的芯片中都輸入了軍方重要人物的人臉信息。大功率的干擾器已經在軍營中啟動，但不能保證沒有漏網之魚。

空軍指揮員吸取了上次楊大龍攻擊無人機的失敗教訓，提前派出兩個戰鬥機編隊在空中攔截，一個編隊佔據高空優勢，另一個編隊則在低空設伏，而且採取前後夾擊的戰術。這樣一來，不管無人機往高處飛還是往低處飛，不管是前進還是掉頭，都會遭到來自不同高度和方向的攻擊。

由於空中戰術應用合理，這架擔任拋撒機械蜂任務的無人機在中途就被導彈擊落了，而它所攜帶的機械蜂則在爆炸中被摧毀。

如今，搭載着特戰精兵的直升機即將飛臨豺狼組織基地的上空。集合在叢林空地上的恐怖分子聽到了遠處傳來的轟鳴聲，個個如驚弓之鳥，就差四散奔逃了。

「看來基地暴露了。」刺梅儘量讓自己看上去很平靜，這樣手下們才不會亂作一團。

「有甚麼好怕的，這裏是我們的地盤。」一個綽號叫「灰狼」的傢伙說，「我們熟悉地形，這便是地利；現在是黑夜，這便是天時；當然了，我們也很團結，這就是人和。天時地利人和，我們都佔了，難道還會打敗仗？」

灰狼在豺狼組織中的地位並不是很高，只能算是一個中層骨幹，但是，他卻一直野心勃勃，而且的確有勇有謀。刺梅知道灰狼有能力，但卻始終未重用他，因為刺梅擔心灰狼會威脅到自己的地位。但此時此刻，刺梅眼珠一轉，想出了一個陰險的主意。

「灰狼，你說得對。」刺梅用器重的目光看着灰狼，「現在我命令所有人由你指揮，全力抗擊來襲的中國軍人，讓他們見識一下豺狼的厲害。」

刺梅的命令完全在灰狼的意料之外，瞬間令他熱血上頭，有一種願意為刺梅肝腦塗地的衝動。他從隊伍中走出來，面對着全體恐怖分子振臂高呼：「效忠刺梅，效忠豺狼，寧死不降，誓死而戰。」

昏暗的光線下，刺梅的臉上露出詭異的笑容。危難之際，她需要的就是這樣的一個「替死鬼」。

「軍事指揮權現在正式交給灰狼。」刺梅強調，「若有不服從命令者，當場擊斃。」

站在隊伍中的恐怖分子有些比灰狼的職務要高，所以這些人自然對灰狼不服，但聽了刺梅的話又不得不對灰狼唯命是從。

就在這時，來自空中的轟鳴聲從四面八方聚攏而來。灰狼不愧是一位出色的指揮官，馬上猜測到了中國軍方的攻擊戰術。於是，他命令道：「導彈射手注意，立即肩扛發射筒，做好攻擊準備。」

豺狼組織裝備精良，為了應對低空飛行器，尤其是武裝直升機的攻擊，他們裝備了便攜式防空導彈。這種類型的導彈可以由一個士兵扛在肩膀上發射，操作極為簡單。

聽到灰狼的命令，幾個導彈射手立即跑進屋子。很快，他們扛着便攜式防空導彈從屋裏跑了出來，開始搜索空中的目標。然而令他們意外的是，遠處傳來的轟鳴聲顯示直升機並未再靠近，而是似乎懸停在距離豺狼組織基地一定距離的上空。

灰狼不由得冒出了冷汗，因為他最不想看到的事情發生了。他知道中國軍方一定是在便攜式防空導彈的射程之外進行空降，然後再逐步縮小包圍圈，最終勒緊袋口，把他們全部關在口袋裏。

「事到如今，只有孤注一擲了。」灰狼冷冷地說。他決定採取聲東擊西之計，命令少部分兵力朝東側突圍，但要製造出最大的動靜。然後，大部分兵力則向西突圍，且儘量不要開槍。

豺狼組織的一舉一動都在戰鷹小隊的監視之下，但他們並未打草驚蛇。今天，歐陽山峰和帥克都表現得異常沉穩。他們時時向大部隊的指揮員通報豺狼組織的動向，以便大部隊的圍剿行動及時做出調整。

負責指揮這次圍剿行動的是空降兵部隊的優秀指揮員秦天，而空降的精兵也大多來自空降兵部隊的雷神突擊隊。在

接到戰鷹小隊的敵情通報後，秦天及時做出戰術調整。他命令降落到南北兩側的突擊隊各抽調百分之五十的兵力向西靠攏，以攔截豺狼組織的主力。而降落在東側的突擊力量則不做調整，因為他們足以應對少量的恐怖分子。

東面的槍聲率先打響，而且聽起來火力異常猛烈，讓人誤以為豺狼組織的主力正在向東側突圍。若不是戰鷹小隊提前向秦天進行了通報，說不定秦天會被灰狼的聲東擊西之計所騙，從而做出錯誤的決定。

楊大龍已經返回豺狼組織基地附近，但並未與戰鷹小隊的其他人會合，因為他看到了幾個人既沒有向西逃跑，也沒有向東撤退，而是朝自己隱藏的方向慌慌張張地跑來。

這幾個人是誰呢？楊大龍想。

國防小講堂

便攜式防空導彈

在圍剿豺狼組織的行動中，雷神突擊隊的秦天命令直升機在距離豺狼組織基地還有 5 公里遠的地方便停止繼續向前飛行了，其目的是防止直升機遭到便攜式防空導彈的攻擊。

所謂便攜式防空導彈，是一種體積小、重量輕，可以由士兵肩扛發射的防空武器，主要打擊對象是低空、超低空飛行的戰鬥機、攻擊機、轟炸機和武裝直升機。它的主要特點是小、輕、快、隱蔽，不需要複雜的技術保障就可以部署在作戰前沿。當然，它也有缺點，那就是射程相對較短。

楊大龍並不認識這幾個人，但猜測他們肯定是豺狼組織中臨陣脫逃的幾個膽小鬼。而且，他判斷這幾個人中有一個人的地位明顯高於其他人，因為其他人對這個人畢恭畢敬、馬首是瞻。

楊大龍正在猶豫該不該馬上開槍的時候，耳機裏突然傳來歐陽山峰的聲音：「翼龍，我是白頭翁，收到請回答。」

「白頭翁，我是翼龍，請講！」楊大龍回應。

「我們懷疑刺梅帶着幾個心腹朝南邊逃去了。」歐陽山峰說，「你要多留心，說不定會碰到他們。」

楊大龍難以抑制內心的喜悅，低聲回答：「看樣子我已經遇到他們了。」

此時，天色開始放亮，正是清剿豺狼組織的好時機。楊大龍悄悄地抬起狙擊槍瞄準那個地位最高的人，因為她最有可能是刺梅。他要一槍擊斃刺梅，否則她就有可能逃之夭夭。

可能是馬上就要擊斃豺狼組織的最高首領了，楊大龍竟然有些激動，這讓他的手微微顫抖起來。於是，楊大龍深吸了一口氣，儘量讓自己放鬆下來。不過，在即將扣動扳機的那一刻，楊大龍還是調整了瞄準點的位置。他將瞄準點從胸部移動到腿部，因為他想活抓刺梅，說不定從她口中可以得到更多有關恐怖組織的祕密。

砰！

楊大龍扣動了扳機。毫無懸念，子彈擊中了那個人的小腿。通過瞄準鏡，楊大龍看到那個人單膝跪地，痛苦地掙扎。

砰砰砰！

連續幾顆子彈落到了楊大龍身邊，那夥人發起了反擊。楊大龍趕緊貼着地面翻滾，躲到了另外一個地方。

攻擊停止，楊大龍向那夥人看去，發現他們已經散開，朝不同的方向逃去，而那個被他擊中小腿的人也在拖着傷腿向前挪動。

楊大龍覺得只要能抓住刺梅就是最大的收穫，於是他從暗處一躍而起，朝受傷的那個人衝去。那個拖着傷腿的人見楊大龍朝自己追來，轉身就是一槍。楊大龍何等敏捷，在看到她向後轉身的一剎那便卧倒在地。子彈貼着楊大龍的後背飛過，而楊大龍則已經撲到了那個人的身邊，一把將其拉倒。那個人還想開槍，卻被楊大龍死死地按住了手腕。

兩個人正在竭盡全力地對抗的時候，一個人突然出現，輕鬆地拿走了恐怖分子手中的槍，而且，他還用這把槍指着恐怖分子的頭說：「別再反抗了，否則已經上膛的這顆子彈就會鑽進你的腦殼裏。」這個人不是別人，正是帥克。

恐怖分子不再反抗，癱軟地躺在地上一動不動。他知道自己的使命已經完成了。

「說，你是不是刺梅？」楊大龍問。

躺在地上的恐怖分子並不應答，似乎在故意拖延時間。楊大龍仔細打量這個人，總覺得哪裏不對勁。首先，這個人並沒有領袖的氣場；其次，如果這個人是刺梅，其他人不會輕易地放棄他只顧着自己逃跑。

「他不是刺梅！」帥克突然肯定地說，「刺梅是女的，而他卻是男人。」帥克清楚地記得他們在暗中觀察的時候，是一個女人站在隊伍前訓話。

「哈哈哈！」躺在地上的恐怖分子突然發出一陣大笑，「你們這些蠢貨，蠢貨！」

楊大龍的腦袋嗡地響了一聲，心想自己還真是一個蠢貨，竟然被刺梅的偷樑換柱之計給騙了。很明顯，刺梅找了

一個替死鬼來假扮自己，而真正的刺梅早就趁亂逃脫了。

砰砰砰！

附近又傳來一陣槍聲，楊大龍的耳機裏還傳來了夏小米的聲音：「我看到刺梅了，快過來追。」

「把他交給你了。」楊大龍大喊一聲，朝夏小米的方向追去。

「等，等等！」帥克急得大喊，「憑甚麼把這個爛攤子交給我？」無奈之下，他只好把這個恐怖分子的腰帶抽出來，然後把他捆在一棵小樹上。

楊大龍已經追到夏小米身邊，焦急地問：「刺梅呢？」

夏小米一邊追一邊說：「剛才還在前面。」

聽到這句話，楊大龍不顧一切地將夏小米撲倒，而就在他撲倒夏小米的一瞬間，槍聲便響起了。當你追趕的人突然消失時，便是最危險的時候，因為對方很有可能躲藏起來正在瞄準你。

夏小米安然無恙，而楊大龍就沒那麼幸運了，子彈穿過他的肩胛骨，就連狙擊槍都掉在了地上。

「大龍，你受傷了。」夏小米自責地說，「要不是為了保護我，你不會被子彈擊中的。」

「別廢話，快去追刺梅。」楊大龍一把推開夏小米。

此時，刺梅正撥開擋在面前的荊棘向前跑去。她熟悉這裏的環境，正在向無人踏足過的密林深處跑去，而最終的目

的地是逃到邊境線的另一側。

夏小米拿起楊大龍的狙擊槍向前追去，暗暗地發誓要用這支專屬於楊大龍的槍將刺梅擊斃。楊大龍忍着劇痛，拿起夏小米丟在地上的突擊步槍，心想：她為甚麼把我的槍拿走呢？

楊大龍也追了上去，但只能隱隱約約看到夏小米的背影，卻看不到刺梅了。荊棘密佈的叢林中，刺梅不顧一切地逃跑，她知道即便被劃得遍體鱗傷也比被一槍擊斃強得多。

夏小米緊追不捨，好幾次她都想開槍，但是密集的樹木總是遮擋她的視線，所以她總想追得更近一些再開槍。然而，一番追逐之後，夏小米發現自己與刺梅的距離不但沒有縮小，反而越來越大了。

這片山林連接着兩國，可進可退，這便是豺狼組織將基地安紮在此的原因。夏小米知道刺梅在朝着邊境的方向跑，而她一旦越境進入鄰國，追擊會變得更加艱難和複雜。

夏小米下定決心，一定要將刺梅擊斃。於是，她停頓下來，側面靠着一棵樹，同時舉起了楊大龍的狙擊槍開始鎖定目標。

在狙擊槍的瞄準鏡中，刺梅時隱時現，夏小米幾次想要扣動扳機，但又放棄了。再這樣下去，用不了多久刺梅就會消失在夏小米的視線中。夏小米沉不住氣了，當刺梅再次出現在瞄準鏡中時，她果斷地扣動了扳機。

國防小講堂

偷樑換柱

刺梅雖然是壞人，但卻是一個很有謀略的壞人，剛剛她就使用偷樑換柱之計把戰鷹小隊的隊員給騙了。

偷樑換柱是「三十六計」中的一計，意為通過偷換的辦法，暗中改變事物的本質和內容，以達到蒙混欺騙的目的。在古代作戰的時候雙方會擺開陣勢，而列陣都要按照東西南北來部署，陣中有「天橫」和「地軸」，也就是陣的樑和柱，這兩個位置都是部署主力部隊的地方。在作戰中陣法是不斷變換的，而偷樑換柱便源於此。

砰！

夏小米扣動扳機，子彈在林間的縫隙中飛行，但結果卻令她失望。子彈最終落到了哪裏無從知曉，但肯定沒有擊中刺梅。

砰！

夏小米還以為是自己不小心又扣動了一下扳機，因為槍聲就是在她的耳邊響起的。

這聲槍響過後，夏小米看到刺梅的身體猛地向前倒去。她驚喜萬分，心想，到底是誰開這一槍的呢？

還能有誰？當然是剛剛追上來的楊大龍。他使用的是夏小米丟下的突擊步槍，而此時槍口的硝煙還未散盡。使用的

是甚麼槍不是關鍵，是誰使用這支槍才是關鍵。楊大龍用實際行動證明了這一點。

「大龍，你的槍法真的是出類拔萃，舉世無雙啊！」夏小米讚歎地說，同時向刺梅栽倒的方向追去。

夏小米和楊大龍一前一後追到刺梅栽倒的地方，只見她面朝下趴在地上一動不動。楊大龍翻過她的身體，看到了一張陌生的臉。這張臉他從未見過，所以無法百分之百地確定這就是刺梅。別說是楊大龍，就是豺狼組織的人也很少有人見過刺梅的廬山真面目。她每到一個地方，都會以一張不同的面孔示人。

楊大龍挽起這個人的衣袖，露出她的右手臂，看到在這個人的右小臂上有一個狼爪的印記。「沒錯，她就是刺梅！」楊大龍肯定地說。

刺梅總是以假面示人，而手下們又是如何確定她的身份的呢？關於這個問題，楊大龍和關悅審問過被俘的蟈蟈。蟈蟈告訴他們，刺梅的右小臂上有一個狼爪印。這是地位的象徵，在恐怖組織內部其他人是絕對不可以文的。

「大龍，她還沒有死。」夏小米說。在楊大龍確定刺梅身份的時候，夏小米卻在摸她的脈搏。

「馬上呼叫直升機。」楊大龍對夏小米說。

刺梅是豺狼組織的頭號人物，如果她能活下來，必定會從她的口中獲得更多有關豺狼組織的信息。

夏小米進行緊急呼叫後，沒多久一架直升機就懸停在了他們的上空。夏小米背着受傷的刺梅，通過懸梯爬進直升機的機艙。

看着飛離的直升機，楊大龍轉身投入到新的戰鬥中去。最激烈的戰鬥發生在西面，灰狼正率領大部分兵力與雷神突擊隊的隊員展開正面交鋒。

灰狼自以為聲東擊西之計會見效，卻沒想到反而被雷神突擊隊的主力所攔截。他哪裏知道戰鷹小隊早就潛伏在他們的身邊，將他們的動態向雷神突擊隊進行了通報。

秦天命令雷神突擊隊不斷縮小包圍圈，最終將灰狼率領的恐怖分子包圍在中間。歐陽山峰是最早趕到恐怖分子後方的人。他從後面對恐怖分子發起攻擊，瞬間令敵人亂了陣腳。

灰狼在恐怖分子中的地位本就不算太高，所以儘管他聲嘶力竭地發號施令，恐怖分子們卻變成了一盤散沙，根本不聽指揮了。氣急敗壞的灰狼開槍擊斃了兩個只顧逃跑的恐怖分子，試圖殺雞儆猴。但是，事與願違，原本比他地位高的恐怖分子奪取了指揮權，帶領着手下們朝另一個方向廝殺而去。

窮途末路的灰狼發瘋似的端起機槍朝雷神突擊隊掃射，沒想到背後卻飛來了一顆子彈。這一槍是歐陽山峰開的，子彈直擊灰狼的要害，而他手中的機槍則瞬間不再囂張。

勇猛的雷神突擊隊員不斷縮小口袋陣，最終將恐怖分子圍困在一個只有幾十平方米的小區域內。恐怖分子再也無力反抗，或者說反抗的結果只有死路一條。最終，他們舉起了白旗，槍支也丟得滿地都是。

隱藏在山林中的恐怖分子要麼被俘，要麼被擊斃，無一漏網。可以說，這是一場漂亮的圍殲戰。經此一戰，豺狼組織幾乎全軍覆沒，零星分佈在世界各地的恐怖分子也被刺梅吐露出來，最終在全球反恐力量的配合下逐一被剿滅。

愛麗絲與父母團聚，朗德教授一家從此不再擔心豺狼組織的威脅。當然，在這場與豺狼組織的暗戰中，有一個人是不該被忘記的，那就是新聞記者——田苗苗。

田苗苗與戰鷹小隊密切配合，雖然報道的是假新聞，卻成功地誤導了豺狼組織。因為田苗苗的突出表現，報社不但沒有懲罰她，還對她進行了表彰。

新的一天，太陽從東方升起，彷彿時間又回到了起點。戰鷹小隊的隊員們駕駛披着朝霞的戰鬥機一飛沖天，而在起飛後不久，一架遠在五百公里之外的預警機就探測到了他們駕駛的戰機。面臨全新的挑戰，戰鷹小隊永遠不會退縮，因為他們是堅不可摧的空中鋼鐵長城。

國防小講堂

為甚麼投降要舉白旗

交戰中，豺狼組織被雷神突擊隊圍困在一個只有幾十平方米的小區域，不得不舉起白旗投降。

在戰爭中使用白旗的做法起源於遠古時代，但是當時白色旗幟代表的並不是投降，而是要求休戰談判。交戰時，如果一方舉出白旗，對方便知道另一方要求談判，也就會下令停止進攻。舉起白旗的一方則會派出軍使、號手、旗手和翻譯到對方指揮部進行談判。軍使從展示白旗開始到再回到本方為止享有不可侵犯的權利，而且談判期間雙方誰也不能向對方發動進攻。隨着時間的推移，人們漸漸把在戰爭中舉出白旗看作是投降。後來，舉白旗就成了「投降」的標誌，且一直沿用到今天。

空中加油機

手冊

空中加油機是專門給正在飛行中的飛機或直升機補充燃料的飛機。它能夠使受油機增大航程，延長續航時間，增加有效載重，提高遠程作戰能力，因此被形象地稱為「空中奶媽」。空中加油機多由大型運輸機或戰略轟炸機改裝而成，少數由殲擊機加裝加油系統，改裝成同型「夥伴加油機」。加油設備大多裝在機身尾部或機翼下的吊艙內，由飛行員或加油員操縱。

USAF

一、空中加油系統

空中加油系統包括空中加油機的加油裝置和受油機的受油裝置。加油裝置分為「加油平台」和「加油吊艙」兩種。「加油平台」通常裝在機身尾部，「加油吊艙」通常懸掛在機翼下面，由飛行員或加油員操作。加油機的儲油箱分別組裝在機身、機翼內。

受油機上安裝有受油裝置，通常由接油器，也就是受油機伸出的探頭、導管和防溢流自封裝置組成。接油器插入加油機放出的給油器後，用皮碗、壓入的液體密封物或充氣密封物密封，這樣油就不會溢出來了。

安裝在機翼下方的加油裝置

二、一軟一硬的加油方式

加油的方式有軟管加油和硬管加油兩種。軟管加油是在加油機上裝有一條 16－30 米的可收放的軟管，軟管的末端有一個傘狀的錐套，裏面是加油接頭。加油時，加油機在受油機前上方飛行，由飛行員或加油員打開輸油軟管捲盤的鎖定機構，伸出錐套。與此同時，受油機飛行員調整飛行速度、航向和高度，將受油機上的受油管插進錐套內，開始加油。軟管加油每套裝置每分鐘可輸油 1600 升，一架加油機可安裝數套，能同時為數架飛機加油。但軟管加油時，由於受空中氣流影響，軟管會有飄蕩的情況，輸油效率較低，一般適用於給機動性高、加油量少的戰鬥機加油。

軟管末端的傘狀錐套

硬管加油系統，主要由伸縮管、壓力加油機構和電控指示監控裝置等組成。伸縮管包括主管和套管，主管外壁裝有升降索和穩定舵。伸縮管式加油設備一般裝在加油機尾部下方。加油時，加油機利用升降索放下伸縮管，穩定舵在氣流作用下，將伸縮管沿垂直和水平方向穩定在一定的空間範圍內，套管從主管內伸出。與此同時，受油機完成與加油機的

加油機正在使用硬管為戰鬥機加油

對接，開始加油。由於輸油管是硬的，穩定性好，容易與受油機對接，輸油效率比較高，每分鐘最多可輸油 6500 升。但它的製造技術比較複雜，同一時間內只能對一架受油機加油。

三、空中加油四部曲

空中加油可不是一件簡單的事情，目前只有少數國家掌握了這項技術。加油機給受油機加油必須嚴格遵守以下四個步驟。

第一步是會合。會合的方式一共有四種，我們來看其中的一種「對飛會合」。就是兩架飛機正面飛行，相互靠攏，然後受油機按加油機前進方向做 180 度轉彎，把航向轉到加油機方向，並在前方約 5 公里處做好加油準備。無論採用何種會合方式，受油機均應比加油機高度低 60 米。

第二步是對接。就是加油機施放加油管與受油機的受油管結合到一起。這個環節難度最大，受油機帶有射擊武器時，要特別注意安全，除加油和通話開關外，飛行員不得觸及其他電子開關。

第三步是加油。加油時裝在吊艙內的燃油泵將加油箱內的燃油經輸油管輸往受油機各油箱。加油時，受油機與加油機的高度、速度、相對位置都必須嚴格保持不變，這對飛行員來說是個嚴峻的考驗。當受油機加進一部分燃油後，飛機

要嚴格控制速度和高度，才能完成加油任務

重量就會增加，而加油機重量又會減輕，所以兩架飛機必須隨時調整飛機的速度和姿態，以保證順利實施加油。

第四步是解散。解散是加油的最後一個程序，受油機受油完畢後，各油箱加油開關自動關閉，加油結束信號燈亮，受油機減速脫離，退出加油。

四、加油機的四大本領

空中加油機之所以受到人們的青睞，主要得益於它的四種本領：

第一個本領，可以增大作戰飛機的航程和作戰半徑。採用空中加油的手段可以彌補飛機載油量的不足，使其能夠執行遠遠超過飛機作戰半徑的遠程轟炸任務。經過一次空中加油，轟炸機的作戰半徑可以增加 25%—30%；戰鬥機的作戰半徑可增加 30%—40%；運輸機的航程差不多可增加一倍。如果實施多次空中加油，作戰飛機就可以做到「全球到達，全球作戰」。

第二個本領，可以增加飛機的載彈量。對於轟炸機和攻擊機來說，彈和油是一對突出的矛盾：要想多帶彈，只能少裝油；要想多載油而飛得遠一些，就得少載彈。有了空中加油機，轟炸機和攻擊機起飛時可以儘量多載彈，飛出一定距離後，再進行空中加油，這樣既能多載彈，又能飛得遠了。

為戰鬥機進行空中加油

第三個本領，能夠救援空中缺油的飛機。對因缺油斷油而可能失事的飛機進行空中緊急加油，就可使其順利返航。越南戰爭中，被接應的飛機有上千架。特別是為直升機實施空中加油，提高了救援效率。

第四個本領，能夠增強空襲的突然性。加油機的支援，使各類飛機得以實施遠距離不着陸飛行，減少了對中途機場的依賴，避免了轉場起降帶來的延誤和不便，大大提高了航空兵的遠程機動和快速反應能力。

五、當之無愧的「空中奶媽」

現代戰爭的遠程作戰，可以說沒有空中加油機是難以想像的。從近年來的幾場局部戰爭中，我們也可以得出這樣的結論：空中加油機是當之無愧的「空中奶媽」。

波斯灣戰爭是實施空中加油較多的一次戰爭行動，整個戰爭期間，聯軍投入大量加油機，完成數萬次空中加油任務。

在 1995 年 6 月，美軍進行的「環球力量」外場不着陸演習飛行中，美國空軍的三架 B-1B 戰略轟炸機從其本土德克薩斯州的戴耶斯空軍基地起飛，在赤道與北緯 35 度之間做曲線飛行，穿過大西洋、地中海、印度洋、中國南海、西太平洋、北太平洋，途中在三個靶場進行了轟炸訓練，飛行 30 餘小時，總航程約 4 萬公里。它創造了航空史上迄今為止不着陸飛行的最遠紀錄，而創造這一紀錄的幕後英雄就是空中加油機。

六、加油機的未來

無數次實戰證明，空中加油機已成為現代空中戰場上不可缺少的機種。但空中加油機也有缺陷，最大的問題是沒有自衛能力，既無火力系統，又無預警裝置。於是，它那碩大的身軀便成為敵機攻擊的絕好目標。因此，提高加油機的自衛能力必然成為加油機的一個發展趨勢。比如，美國就提出一些新的技術，用來防禦紅外和雷達制導武器的攻擊。

此外，空中加油機還要克服機翼振動、陣風和空氣渦流對輸油管穩定性的影響，發展大型加油機和運輸加油兩用型飛機，提高加油機的自動化程度和生存能力。相信改進後的空中加油機會如虎添翼，成為更加耀眼的空中明星。